산티아고 순례길
걸어간다 살아간다
02

김향심 지음

너에게 보여주고픈 길

마흔여섯의
산티아고

책구름

너에게 보여주고픈 길
마흔여섯의 산티아고

1판 1쇄 발행 2022년 6월 30일

지은이 김향심
펴낸이 정태준

편 집 곽한나, 김라나
디자인 김주연
마케팅 안세정
편집장 자현

펴낸곳 책구름 (출판등록 제2019-000021호)
팩 스 0303-3440-0429
이메일 bookcloudpub@naver.com
블로그 blog.naver.com/bookcloudpub

©김향심 2022

ISBN: 979-11-979082-1-7(03920)

너에게 보여주고픈 길

마흔여섯의
산티아고

세상의 모든 엄마와 딸들에게

걷기가 삶에 얼마나 큰 힘을 주는지 딸에게 알려주고 싶었다. 백 번 말로 하느니 함께 걷는 게 좋겠다 싶었다. 걸으면 몸과 마음에 힘이 생기고 그 힘은 앞으로 살아가는 데 좋은 연료가 되어준다는 것을 같이 경험하고 싶었다. 이왕이면 마음속으로 오래 품고 있었던 산티아고 순례길이길 바랐다. 침묵 속에서 걷다 보면 누구나 자신의 내면 깊은 곳에서 우러나오는 목소리와 힘을 알아차리게 된다는 길. 거기서 우리의 새로운 얼굴을 만나고 싶었다.

- 프롤로그

서늘한 새벽 공기, 눈앞에 펼쳐져 있는 광활한 풍경, 새소리, 바람 소리, 탁탁 스틱을 경쾌하게 밟아가며 나를 앞질러 가는 순례길 동지들의 '부엔 까미노(Buen Camino)!' 하는 인사가 노래처럼 들려왔다. 우리가 정말 순례의 길에 서 있구나, 생생한 감각으로 다가왔다.

- 겨우 첫 고비를 넘겼다

잠시 뒤 멀리서 태윤이 목소리가 들렸다. 곧이어 나타난 태윤이의 얼굴은 의외로 쌩쌩했다. 다리를 절룩이기는 했어도 짜증도 내지 않았고 기어서 내려오지도 않았다. 너무 반가워서 태윤이를 덥석 안아주었다. 긴 거리를 걸어본 경험이 없는 아이가 이틀째 꿋꿋하게 걷고 있으니 그것만으로도 대견했다.

'와, 이렇게 걷게 되는구나! 우리 딸한테 이런 힘이 있었구나! 길 위가 아니라면 있어도 알 수 없었을, 있어도 쓸 수 없었을 귀한 힘을 이렇게 발견하게 되는구나!' 순례길을 떠나올 때 가졌던 불안한 마음이 조금씩 옅어지고 그 자리에 믿는 마음이 채워져가고 있었다.

- 길에서 마주치는 새로운 얼굴들

사는 나라도, 살아온 시간도 저마다 제각각인 우리지만 여성으로서 겪어온 공통의 경험이 있기에 모두 뭉클했다. 딸을 생각하는 엄마의 마음, 여성이 힘을 내어 잘 살아가기를 바라는 응원의 마음이 국적과 나이를 넘어 우리를 하나로 묶어 주었다. 순례길에서 잠깐 만나 한 끼의 식사를 나눴을 뿐인데 십 년은 쌓인 듯한 우정의 냄새가 났다. 순례길이 주는 선물을 받은 기분이었다.

– 마음의 연결

용서의 언덕까지 이르는 탁 트인 들판을 걸으면서 '나는 용서 구할 일을 별로 안 하고 살았는데' 라는 자만에 빠져 있었다. 용서의 언덕 위에 세워져 있던 철판 동상을 보면서 용서를 구해야 할 일이 바로 떠올랐다. 아이가 내 속도대로 힘을 내주지 않아서 잠깐 미워하고 원망했던 옹졸한 엄마, 아까의 나를 용서해 주라고 말이다.

- 삼겹살의 힘일지라도 걸고 있으면 된 거야

아니 이렇게나 섹시한 몸의 주인이 할머니였다니. 충격이었다. 이런 반전이 있나, 나는 완전히 꽂혀버렸다. 그리고 그 순간 다짐이라는 걸 해버렸다. '저 할머니처럼 달려야겠어. 나이가 더 들어서도 저렇게 탄탄한 몸으로 경쾌하게 뛸 수 있는 할머니가 돼야겠어. 아주 섹시하게 나이 들어갈 거야.' 생기 넘치는 스페인 할머니를 닮은 내 모습을 상상하는 것만으로도 심장이 뜨거워졌다.

- 섹시한 스페인 할머니처럼 달리는 거야

쉬어야 할 때라는 신호가 자꾸 왔다. 걸어야 할 때가 있다면 쉬어야 할 때도 있다. 그걸 잘 알아차리는 것도 자기를 보살피는 중요한 과정이다. 잘 걷는 것보다 어쩌면 마음이 보내오는 이 'STOP' 신호를 잘 따라야 한다. 무시하면 언제든 티가 난다.

- 마음의 표지판이 쉬어야 할 때를 가리킨다면

노란 화살표를 따라 순례의 길을 걸으면서 내 삶의 노란 화살표는 내가 세워가는 것임을 마음에 새겼다. 누가 친절하게 알려주는 길의 안내는 순례 길에서만 받고 싶었다. 내 삶의 안내자는 나 자신이고, 노란 화살표를 세워가는 주체자도 나 자신이니, 삶의 자리로 돌아갔을 때는 오로지 내가 원하는 방향으로만 걸어가겠다는 다짐을 했다.

– 내 삶에는 나만의 노란 화살표

산티아고 순례길이 산 아니면 평원이지, 그래도 바람이 늘 시원하게 불어주니까 낮에 걷는 것도 괜찮다. 그래, 우리는 하던 대로, 우리 속도대로 걷는 거다. 힘들면 앉아서 늘어지게 쉬는 거다. 우리에게 딱 맞는 속도를 찾아서 유지하는 것이 중요하다. 결국 이날도 저녁이 다 되어서야 알베르게에 들어왔지만 남들보다 늦었다는 자괴감 같은 것은 조금도 없었다.

- 느려도 걸으면 기적에 가 닿지

어느 길로 가든 완벽한 선택은 없다. 중요한 것은 내가 선택한 길에서 나만의 이야기가 만들어진다는 것. 그 길에 집중하는 것만이 내 선택이 옳았음을 증명하는 방법이다. 걷는 길의 아름다움을 공들여 보는 것, 길이 뿜어내는 아침 냄새를 온몸으로 받아들이는 것, 생쥐와 개미와 달팽이, 들풀에 내 시선을 나눠주는 것, 이 길에서 만나는 다른 순례자들과 다정한 인사를 주고받는 것. 내가 선택한 길 위에서 특별한 이야기를 만들어내는 방식이다.

- 선택한 길의 의미는 내가 만들지

순례길을 걸으면서 마음속으로 자주 되새긴 마음은 감사였다. 걷는 동안 모든 것이 감사했다. 얼마나 많은 사람이 이 길 위에 간절한 기도를 뿌려 놓았을까? 정성과 간절함으로 다져 놓은 길 위의 사랑이 내게 흡수되고 있는 듯했다. 이제 산티아고 성당까지 남은 거리 약 280킬로미터. 모두의 말처럼 걷는 것이 아까워지기 시작했다.

- 새로운 길이 시작되다

노트에 무엇인가를 적어나가는 아이의 모습을 보니 한 뼘은 자라 있는 것처럼 느껴졌다. 순례길 초반에는 걷기에 적응하느라 몸도 마음도 몸살을 앓았을 테다. 몸의 고통을 이겨내며 묵묵히 걸어야 했던 긴 시간 동안 태윤이의 내면에도 깊은 변화가 생겼을 것이다. 밝아지는 표정, 내게 건네는 말들 속에서 걷는 자신에 대한 자랑스러움이 자주 묻어났다.

– 글쓰기로 삶을 세워나가는 사람을 사랑하지

관성적으로 흘러만 가던 삶의 시간을 잠시 멈추고 산티아고 순례길을 자기 의지로 걸으면서 자신이 원하는 삶이 무엇인지에 대한 답을 찾아가는 사람들. 타인의 순례기에서 그리고 여기서 만난 순례자들의 이야기를 통해서 산티아고 순례길은 자기가 원하는 것이 무엇인지를 탐구할 수 있는 소중한 시간을 준다는 것을 알았다. 걷기의 이유는 삶의 이유와 맞닿아 있다. 철의 십자가 앞에서 순례의 한 시기가 매듭지어진 느낌이 들었다.

- 철의 십자가, 새로운 자신의 옷을 입는 곳

"걸으면서 느끼던 것들을 정확하게 표현하기가 어렵네."

우리가 걸은 이 걸음들을 딱 떨어지는 문장으로 표현하기가 어렵다고 태윤이가 답답해했다. 시간이 걸릴 일이지. 지금은 어떻게도 설명하기 어렵고 어떤 의미일지도 알기 힘든 게 당연할 거야. 일상으로 돌아가 이 순례의 시간을 마음에 푹 담그고 살아내는 긴 발효의 시간을 거쳐야만 알 수 있을 거야. 이 시간이 우리에게 힘으로 응축될지, 더 없는 위로를 주게 될지, 더 나은 존재로 거듭나게 해줄지, 미래의 어느 시간대에 가 봐야 분명해지는 거겠지. 그러니 우선은 곧 나올 순례자 만찬을 맛있게 먹고 단잠을 자는 거다. 날이 새면 또 열심히 걸어가는 거야.

- 마음속에서 들리는 말들

33

산티아고 길의 끝은 내게로 돌아오는 길이었다. 멀리까지 와서야 비로소 만나게 되는 것은 자기 자신일지도 모른다. 길을 걷는다는 것은 도착지에 있을 조금 더 나은 자신을 만나러 가는 것이다. 그리하여 걷기를 끝내고 돌아갈 때는 자기보다 더 멋진 자기를 데리고 돌아가게 된다. 산티아고 순례길을 걸으면서 가장 많은 대화를 하고 오랜 시간을 함께 보낸 사람은 누구도 아닌 바로 나 자신이었다. 침묵 속에서 끝도 보이지 않는 길을 하염없이 걷다 보면 마음속에 눌러 놓은 이야기들이 들려왔다. 오래도록 걸으며 나눈 나와의 대화에서 내가 나를 마음에 들어 한다는 사실을 알게 되었다. 그것만으로 순례길을 걸은 충분한 이유가 됐다.

– 이만하면 떳떳하게 걸었지

"새로운 장소는 새로운 생각, 새로운 가능성이다. 세상을 두루 살피는 일은 마음을 두루 살피는 가장 좋은 방법이다. 세상을 두루 살피려면 걸어 다녀야 하듯, 마음을 두루 살피려면 걸어 다녀야 한다."

-《걷기의 인문학》, 리베카 솔닛

순례길을 다녀온 후 강연 자리에 설 때마다 산티아고에서 배워 온 경험의 의미를 전하는 것으로 말문을 열곤 했다. 신기하게도 어떤 주제의 강의든 산티아고와 다 연결되었다. 길을 걸으며 몸에 새긴 배움들은 더 나은 삶을 살기 위해 적용하기 딱 좋은 것들이었다. 정말 그랬다. 매일 한 가지씩의 가르침이 마치 자기계발서의 목차처럼 차곡차곡 쌓였다. 순례길을 걸으면서 채워 온 삶의 힘을 잘 갈무리해서 사람들에게 전하고 싶다는 소망으로 글을 쓰기 시작했다.

이 책은 마흔여섯 살 엄마와 열여섯 살 딸이 함께 산티아고 순례길

(Camino de Santiago)을 걷고 온 이야기다. 걷기가 삶에 얼마나 큰 힘을 주는지 딸에게 알려주고 싶었다. 백 번 말로 하느니 함께 걷는 게 좋겠다 싶었다. 걸으면 몸과 마음에 힘이 생기고 그 힘은 앞으로 살아가는 데 좋은 연료가 되어준다는 것을 같이 경험하고 싶었다. 이왕이면 마음속으로 오래 품고 있었던 산티아고 순례길이길 바랐다. 침묵 속에서 걷다 보면 누구나 자신의 내면 깊은 곳에서 우러나오는 목소리와 힘을 알아차리게 된다는 길. 거기서 우리의 새로운 얼굴을 만나고 싶었다.

산티아고 순례길을 꿈꾸게 해준 책이 있었다. 작가가 되고 싶었으나 긴 시간 꿈 근처에 다가가지 못했던 파울로 코엘료. 그가 산티아고 순례길을 다녀온 뒤 펴낸 책,《순례자》• 이다. 순례길에서 내면의 목소리를 듣고 자신의 새로운 가능성을 발견한 그는 순례길 이후의 삶을 새로운 얼굴로 살았고 그토록 염원하던 꿈을 실현할 수 있었다.

● 《순례자》파울로 코엘료, 박명숙 역, 문학동네, 2011

나는 어떤 공간에서 새로운 경험을 하고 꿈을 이루게 되었다는 이야기에 자주 매혹된다. 매혹된 이야기는 마음에 단단하게 품어둔다. 청소년들이 걷기를 통해 삶의 의지를 찾아가는 '쇠이유(Seuil) 프로젝트•'도 나에게 꿈을 심어주었다. 언젠가 때가 되면 딸과 함께 산티아고 순례길을 걷겠다는 구체적인 계획으로 마음에 담아 두었다. 마음속 소망이 시간의 옷을 입고 '사건'이 되어 우리 앞에 당도했다. 드디어 '산티아고 순례길'을 걷게 된 것이다.

우리는 34일 동안 프랑스 국경 생장피드포르(St. Jean Pied de Port)에서 시작해 스페인의 북서쪽 끝에 있는 산티아고 대성당으로 이어지는 약 800킬로미터의 프랑스 길을 걸었다. 엄마와 딸이 아니라 다정한 동무가 되어 길 위에서 살았다. 해가 떠오르기 전 걷기 시작해서 때가 되면 밥을 먹었고 쉬었다가 다시 걸었다. 스페인의 목가적 풍경에 자주 감탄했다. 하루치의 걸음이 끝나면 다른 순례자들과 이야기를 나누고 글을 썼다. 순례길의 하루는 지극히 단순하고 평범했지만 순례의 진짜 의미는 보통의 시간을 잘 통과하는 데 있다는 걸, 지금은 잘 안다.

　이 책에는 우리가 걸으면서 만들어 낸 이야기들이 담겨있다. 자기만의 속도로 묵묵히 걸어가는 게 사는 일과 닮았다는 것, 힘들어도 걷다 보면 우리가 원하는 곳에 반드시 닿는다는 것, 힘든 걸음 속에서도 기쁨을 발견하게 된다는 것. 이렇게 몸을 통과해 나온 지혜가 사는 동안 힘을 줄 것이라고 믿게 되었다.

　우리들의 순례길 이야기가 세상의 많은 엄마와 딸들에게 전해지면 좋겠다. 내가 앞선 순례기를 읽고 길 위로 나섰듯이 우리의 이야기를 읽고 누군가가 순례길을 걷는 용기를 내기 바란다. 가고 싶은 곳을 향해 내딛는 걸음이 얼마나 기쁜지 알려주고 싶어 마음이 간질거린다.

● 《나는 걷는다》의 저자 베르나르 올리비에가 만든 프로젝트로, 걷기를 통해 사회와 단절된 청소년을 다시 연결해주는 프로그램이다. 소년원에 수감된 청소년을 프랑스어가 통하지 않는 다른 나라에서 3개월 동안 2,000킬로미터를 걷게 한다. (편집자 주)

39

목
차

1부 걷는 일과 사는 일은 똑 닮았어

01

어
느
날
문
득,

산
티
아
고

유월의 어느 아침, 산티아고 순례길을 걸어야겠다는 마음이 뜬금없이 들었다. "지금 떠나!" 하는 누군가의 목소리가 들렸다면 믿을 수 있을까? 정말 목소리를 들었고 가야겠다고 결심했다. 원래는 이듬해 여름방학에 갈 계획이었다. 산티아고에 가려고 들어 둔 적금의 반도 넣지 못했지만, 적금은 깨라고 있는 것이니까. 태윤이와 산티아고 순례길을 함께 걷기로 한 꿈은 오래전부터 품고 있었다. 홈스쿨링을 하는 태윤이에게 의미 있는 성취의 경험을 만들어 주고 싶었다. '좋은 경험일수록 미룰 이유가 없다. 모든 것은 타이밍이다. 지금이 산티아고 순례길로 떠나기 딱 좋은 시기다.' 나는 특별한 이유가 없으면 모험을 피하지 말자는 사람이다.

곧바로 실행에 착수했다. 가고 싶을 때 계획 없이 홀쩍 떠나는 여행에 더 익숙한 내 스타일 그대로 산티아고 순례길을 밀어붙였다. 스케줄부터 확인했다. 7월 넷째 주부터 9월 첫째 주까지 강의가 없었다. 일정 중간에 걸

처 있는 한 두 개의 강의는 조정할 수 있었다. 역시 떠나기 딱 좋은 타이밍이었다.

남편에게 태윤이와 산티아고에 다녀오겠다고 통보했다. 아침에 일어나 갑자기 산티아고에 가겠다는 나에게 계획적인 삶을 사는 남편은 말꼬리를 흐렸다. 성급한 결정이니 좀 더 두고 생각해보자는 남편. 이럴 때는 강하게 밀어붙이는 게 좋다. 내년에 무슨 일이 생길지 모르니 어차피 갈 거라면 하루라도 빨리 가는 게 낫다고 말했다. (정말 신의 한 수였다. 예정대로였다면 우린 코로나 19 때문에 가지 못했을 것이다) 그래도 태윤이 체력을 좀 키워서 가는 게 좋지 않겠냐는 남편에게 닥치면 다 걷게 되어 있다고 장담했다. 남편은 한다면 곧장 해야 하는 내 성격을 잘 아는 사람이라 더는 말리지 않았다. 해남으로 강의 가는 길, 태윤이에게 전화를 걸었다.

"윤아, 우리 산티아고 가자."
"어? 산티아고? 올해 가자고?"
"응, 갈 거면 이번 여름에 가자. 어차피 너 공부할 것도 아니잖아?"
"어, 그래 좋아. 가자."
"좋았어. 비행기 티켓 알아봐."
"알겠어."

열여섯 살인 태윤이는 홈스쿨링을 하겠다고 선언한 뒤 중등 검정고시와 고등 검정고시를 치르고 고등 졸업 자격까지 따 둔 상태였다. 계획은 수능 시험을 준비해서 대학에 입학하고 난 뒤 다음 해 여름방학 때 산티아고 순례길을 가는 거였다. 고등 검정고시 이후 태윤이는 수능 공부를 한다고 했지만 실제로 그다지 열심히 공부하는 것 같지 않았다. 늦게 일어나서 온

라인으로 미국드라마를 정주행하는 일상을 제법 길게 이어가고 있어 내심 걱정하던 차였다. 이래저래 지금이 순례길로 떠나기 딱 좋은 시기라는 생각이 들었다.

산티아고로 떠나기 위한 모든 준비는 태윤이한테 맡겼다. 사실 태윤이와 함께 떠나는 여행이어서 이렇게 급하게 떠나는 것이 가능했다. 여행 계획을 세우고 교통편을 예약하고 숙소를 알아보는 일을 해본 적이 없고, 더군다나 영어도 못 하고 비행기 티켓 같은 것을 어디서 사야 하는지도 모르는 나 혼자서는 절대 엄두도 못 냈을 일이다. 혼자서 산티아고 순례길을 가자고 마음먹었다면 아마 몇 년이 지나도 용기를 내지 못했을 것이다.

파리행 비행기표와 프라하에서 돌아올 비행기표를 예매하고, 파리에서 머물 호텔 예약부터 생장피드포르까지 가는 고속 열차를 예매하는 일, 여행자보험에 가입하고 순례를 위한 준비물 리스트를 짜는 일, 산티아고 순례길을 걷는 세부 계획에 이르기까지 거의 모든 일을 태윤이가 주도했다.

태윤이는 즉흥적인 나와는 다르게 체계적으로 계획을 짜고 계획에 맞춰 실행하는 것을 좋아한다. 숙소를 정할 때도 주변 환경과 내부 조건, 가격, 쾌적함 등 온갖 것을 꼼꼼하게 비교한 후 결정했다. 그런 태윤이의 성격을 잘 아는 나로서는 아이를 믿고 맡기는 것이 자연스러웠다. 내가 한 일이라고는 하루 시간 내서 등산용품점에 가 순례에 필요한 물품을 함께 사는 정도였다.

순례길을 앞두고 이렇게 아무것도 안 해도 될까? 라는 생각도 가끔 들었지만 어쩔 수 없었다. 출발 하루 전까지 강의 일정이 빼곡해서 시간을 내서 도울 여력도 없었다. 가끔 "잘 되고 있니?" 물어보거나, "호텔은 저렴한 곳으로 알아보렴." 같은 잔소리만 했다. 태윤이가 실질적인 준비를 하는 동안 나는 그저 태윤이와 함께 걷게 될 순례길에 대한 설렘과 기대로 붕 떠 있었다.

02

순례길의 첫 마을

산티아고 순례길을 걷는 사람들을 오랫동안 부러워했다. 책 읽기로만 따지면 이미 여러 번 완주했다. 읽을수록 가고 싶다는 열망이 커졌다.

산티아고 순례길은 여러 루트가 있다. 스페인 북부의 아름다운 해안선을 따라 걷는 '북쪽 길', 스페인 남부의 세비야에서 출발해 북쪽으로 걷는 '은의 길', 포르투갈에서 시작하는 '포르투갈 길'이 있다. 우리는 산티아고 순례길 중 가장 일반적인 '프랑스 길'을 걷기로 했다. 프랑스 생장피드포르에서 시작해서 예수의 열두 제자 중 한 명인 야고보 성인의 유해가 있는 산티아고 대성당까지 약 800킬로미터에 달하는 길이다. 워낙 많은 사람이 찾아 걷는 길이기에 초보자에게도 무리가 없다는 평이 많다.

떨리는 마음으로 생장피드포르에 들어섰다. 그림같이 예쁘고 평화로운 거리가 우리를 맞아 주었다. 기차에서 쏟아져 나온 순례자의 무리를 따라

서둘러 걸었다. 왠지 뒤처지면 안 될 것 같은 마음이 들어서였다.

'순례자 사무실을 찾아서 순례자 여권을 만들어야 한다.'

짊어진 가방은 어깨를 누르고, 다리는 젖은 솜처럼 이미 무거웠지만 발걸음을 재촉했다.

늦은 오후, 여전히 뜨거운 햇볕 아래 헉헉거리며 순례자 사무실에 도착했다. 무거운 배낭을 짊어지고 걷는 일은 우리를 완전히 지치게 했다. 여권을 만들기 위해 나란히 앉은 이들이 모두 한국 사람이었다. 익히 들어 알고 있었지만 한국 사람이 정말 많았다. 덕분에 낯선 불안감은 생기지 않았다. 다행이었다. 순례자 여권을 만들고 순례자 사무실 바구니에서 순례자를 상징하는 조개껍데기를 하나 골라 가방에 달았다. 이제 진짜 순례자가 됐다는 실감이 났다. 호스피탈레로(Hospitalero, 알베르게 운영자나 봉사자) 할아버지가 우리에게 55번 알베르게(Albergue, 순례길 여행자가 이용하는 숙박시설)를 소개해주었다. 생장피드포르에 하나 있는 알베르게인가 했는데 가는 길에 보니 53번, 54번 번호판이 달린 알베르게가 쭉 늘어서 있었다.

우리가 처음 맞이할 알베르게는 과연 어떤 공간일까? 지저분한 알베르게에 대한 글을 많이 읽어서 어느 정도 마음의 준비는 해 뒀다. 어지간하면 다 좋다고 여겨야지 하고 말이다. 호스피탈레로 할머니가 맞아 주셨는데 첫인상이 좋았다. 순례자 여권에 첫 도장을 찍고 우리가 묵을 곳을 안내받았다. 2층 침대 다섯 개가 놓인 방이었다. 열린 창밖으로 아름다운 생장피드포르의 풍경이 펼쳐져 있었다. 마음에 쏙 들었다.

침대에는 저마다 주인들이 있었다. 빈 침대 하나 없이 꽉 찼다. 모두 우리처럼 순례의 첫날을 맞이했을 텐데 어쩐지 저 사람들은 이 공간에 익숙한 듯 보여 잠깐 의기소침해지기도 했다. 낯선 풍경 속에 우리가 있다니.

곧 이어질 순례의 여정이 한층 더 실감 나기 시작했다.

저녁 대신 맥주 두 캔을 마시고 2층 침대의 아래층을 차지하고 누웠다. 늙은 나에게 1층을 양보해 준 태윤이의 마음은 고마웠지만 사실 나는 답답한 공간을 싫어한다. 2층 침대의 바닥이 낮은 천장처럼 내 얼굴을 짓누르는 것 같아 숨이 막혔다. 맥주 탓인지 열까지 확 오르면서 땀이 줄줄 흘렀다. 아까부터 파리 두 마리가 집요하게 얼굴 주변을 윙윙거리며 날고 있었다. 손을 흔들어 쫓아도 계속 윙윙거리는데 머릿속까지 흔들리는 것 같았다.

'이래서 걸을 수나 있을까?' 파리 두 마리 때문에 순례길이 그만 자신 없어졌다. 한숨 소리가 위층 태윤이에게까지 들렸나 보다. 아이가 손을 늘어뜨려 나를 토닥이듯 침대 프레임을 톡톡 두드렸다.

"엄마 괜찮아?"
"아니 안 괜찮아."
"괜찮아질 거야, 얼른 한숨 자 봐."
"파리 때문에 잠자기는 글렀어."

자는 둥 마는 둥, 이리 뒤척 저리 뒤척, 눈을 떴다 감았다 수백 번을 반복했다. 생장피드포르에서 보내는 순례길 첫 밤은 너무도 느리게 흘러갔다.

03 　겨
　　우
　　첫

　　고
　　비
　　를
　　넘
　　겼
　　다

　뜬눈으로 밤을 지새우다 일어났다. 공동부엌으로 조심스레 나가 설레고 떨리는 마음으로 가방을 챙겼다. 바로 옆방에서 자는 순례자들이 깰까 봐 조심스러웠다. 부스럭거리는 소리를 내지 않으려고 최대한 살살 움직였다. 빨래 걷으러 나갔던 태윤이는 왜 소식이 없지? 뒷마당으로 나갔다.

　"윤아, 안 들어오고 뭐 해?"
　"엄마, 여기 와 봐, 별이 정말 예뻐."
　"지금 별 볼 때가 아냐, 얼른 짐 챙겨야지."

　다른 순례자와 새벽별을 보며 이야기를 나누고 있던 태윤이를 불러들였다. 별 보는 낭만을 즐길 여유가 없었다. 전투에 나서는 사람처럼 비장했다. 마음이 바빴다. 짐을 넣은 배낭을 메어 보았다. 너무 무거웠다. 우리가 과연 이 무게의 가방을 메고 얼마나 오래 걸을 수 있을까? 배낭을 짊어지고 등산을 해본 경험이 없어서 가늠되지 않았다.

첫날이고, 순례길에서 가장 힘들다는 코스니까 무리하지 말자. 태윤이가 챙겨온 쓸모없어 보였던 김장 봉투에 우리 짐 대부분을 몰아넣고 묶은 뒤, 8유로를 담은 돈 봉투를 매달아 한쪽 구석에 놓아두었다. 우리의 목적지인 론세스바예스(Roncesvalles)의 공립 알베르게에 우리보다 먼저 도착해 있을 것이다. • 가방이 가벼워졌다. 몸도 마음도 한결 가뿐해졌다.

아직은 어두운 새벽, 아이의 손을 잡고 섰다. 아주 결연한 자세로 알베르게의 문을 열고 나섰지만 금세 어리바리한 모습이 연출됐다. 스틱은 도대체 어떻게 해야 길게 펴지는 건지 사용법을 몰라 헤매고 있을 때, 자전거를 끌고 가던 한국인 부부가 말을 걸어왔다. 각자 키에 맞게 스틱을 조절해 주고 못 찾으면 어쩌나 싶었던 출발점까지 우리를 안내해 주었다.

"점심 도시락은 준비하셨어요?"

"점심이요? 가져가야 해요?"

"네, 중간에 알베르게 겸 바가 하나 있긴 한데 먹을 걸 좀 챙겨가야 할 거예요."

"아, 그런가요."

점심 도시락을 준비해야 할 거라고는 생각도 못 했다. 마침 근처에 베이커리가 있어서 종류별로 하나씩 크루아상 6개를 샀다. 물도 큰 생수병에 가득 담아 가방에 넣었다. 가벼웠던 가방이 조금 묵직해졌다.

자, 이제 진짜 시작이다. 나는 잘 걸을 자신이 넘쳤다. 넘치는 자신감에 의지해서 조금 걸었을 뿐인데 벌써 오르막이었다. 오르막이 계속 이어졌다. 숨을 몰아쉬며 서 있는 나를 태윤이가 자주 앞질러 갔다. 흐뭇했다. 세상에 내가 이런 장면을 실제로 보는 때가 오는구나! 걷는 게 싫어서 걷는 일은 거의 피하고 살던 태윤이가 내 앞에서 걷고 있다니 그것도 피레네산맥을 오르고 있다니. 이런 걸 표현하라고 '감격'이라는 단어가 있나 보다.

파리 두 마리 때문에 순례에 나선 걸 후회했던 경솔한 어제는 금방 잊혔다. 서늘한 새벽 공기, 눈앞에 펼쳐져 있는 광활한 풍경, 새소리, 바람 소리, 탁탁 스틱을 경쾌하게 밟아가며 나를 앞질러 가는 순례길 동지들의 '부엔 까미노(Buen Camino)!' • 하는 인사가 노래처럼 들려왔다. 우리가 정말 순례의 길에 서 있구나, 생생한 감각으로 다가왔다.

앞서 걷고 있는 태윤이 곁에는 다른 사람이 나란히 걷고 있었다. 내 또래쯤 보이는 외국 여성이었다. 무슨 이야기를 나누기에 저리 정다울까? 아이의 등이 피레네산맥의 초록빛만큼 반짝거렸다. 산티아고 순례길을 걷겠다고 했을 때부터 상상했던 그 장면이었다. 순례길 떠나기 전부터 낯선 외국인과 이야기 나누며 길을 걷는 모습이 영화의 한 장면처럼 눈 앞에 펼쳐지곤 했었다. 순례의 첫날, 태윤이가 상상 속 장면의 주인공으로 등장해 있다니 보기가 참 좋았다. 오르막길을 헉헉거리며 겨우 올라가고 있는데도 힘들다는 생각은 전혀 들지 않았다. 다리도 아프고 숨도 차고 어깨도 무거웠지만 괜찮았다.

● 동키(Donkey) 서비스라고 불리는 짐 배달 서비스가 있다. 요금을 넣은 봉투를 부착해 알베르게 앞에 짐을 놓아두면 지정해 둔 알베르게까지 가방을 옮겨 준다.

● 순례길에서 서로 주고받는 인사다. "좋은 여행 되세요!" 정도로 번역할 수 있는 순례자의 인사말이다.

해발 1,400미터의 고지로 힘겹게 올라가는 동안 양옆으로 광활하게 펼쳐져 있는 산등성이가 지루할 틈을 주지 않았다. 바람 냄새에 마음은 더없이 평화로웠다. 앞서 걷던 태윤이가 조금씩 뒤처지면서 어느새 내 속도와 같아졌다. 뒤따라오던 순례자들이 우리를 지나쳐갔다. 더는 우리 뒤를 따라오는 순례자는 없었다.

오랜 시간 걷기에 단련된 내게도, 걷기의 초보자인 태윤이에게도 피레네산맥을 넘는 일은 도전이었다. 우리는 자주 주저앉았다. 20분 정도 걷다 보면 지쳤다. 머리카락은 소금 범벅으로 뭉쳐진 지 오래고 한 모금 겨우 마실 만큼 남은 물병만 가벼웠다. 지치면 시간을 가늠하지 않고 퍼질러 앉았다. 앉아서 시답잖은 수다를 떨고 있다 보면 30분이 훅 흘러가 있곤 했다. 시간이 너무 흘러갔다는 사실을 그때까지도 몰랐다. 이제 길 위에는 순례자들이 보이지 않았다. 걸어도 걸어도 끝은 보이지 않고 노란 화살표만 자꾸 더 가야 한다고 우리를 밀어댔다.

더는 못 걷겠다고 소리 지르고 싶었을 때 비로소 론세스바예스의 공립 알베르게에 도착했다. 수도원을 개조한 론세스바예스 알베르게는 전 순례 길을 통틀어 규모가 가장 큰 축에 속했다. 침대가 180여 개가 넘는단다. 론세스바예스에 있는 유일한 알베르게여서 순례자들 대부분이 피레네산맥을 힘겹게 넘은 후 이곳에 머물렀다.

알베르게를 코앞에 두고 엄청나게 헤맨 끝에 겨우 알베르게로 들어가는 입구를 찾을 수 있었다. 중세의 어느 성곽의 문을 통과하는 느낌이었다. 거대한 돌벽으로 만들어진 알베르게 안에 들어서니 저절로 긴장되었다. 어제 묵은 생장피드포르의 아담한 알베르게와는 사뭇 달랐다. 안내자 조끼를 입은 할아버지 호스피탈레로가 스페인어로 주의 사항을 안내해 주었다. 세탁실의 위치와 욕실 위치를 알려주는 눈치였다.

지친 몸을 겨우 이끌고 순례자 사무실에 올라가 수속을 마쳤더니 7시 반이 지나 있었다. 여유롭게 도착할 것으로 예상하고 예약해둔 순례자 만찬을 놓칠 위기의 시간이었다.

어제만 해도 우리의 꿈은 야무졌다. 우리가 산티아고 순례길을 잘 걸을 수 있을지 가늠하는 첫 고비를 성공적으로 잘 넘긴 뒤 자축 파티를 열자! 알베르게에서 제공하는 근사한 순례자 만찬을 먹으면서 첫날의 순례를 멋지게 마무리하자고 말이다.

자축 파티는 고사하고 저녁을 굶어야 할지도 모른다는 위기감을 안고 급하게 식당에 들어섰다. 예상대로 순례자 만찬은 끝나가고 있었다. 테이블마다 순례자들이 하나둘 일어서는 모습이 보였다. 우리까지는 주문을 받아주겠다는 말에 빈자리를 찾아 구석 자리에 겨우 엉덩이를 걸치고 앉았다. 미안한 마음에 괜히 의기소침해져서 아무 메뉴나 시켰다. 양파 수프와 돼지 목살 스테이크, 구운 통감자가 나왔다. 그 와중에도 음식은 왜 이리도 맛있나! 간이 짭짤한 것이 우리 입에 딱 맞았다. 눈치 보여서 디저트는 주문도 못 하고 식당을 나섰다.

늦게 도착한 탓에 세탁기 사용 시간이 이미 지나서 빨래도 못 했다. 다른 순례자들의 옷들은 빨랫줄에서 말라가고 있었는데 우리는 겨우 내일 입을 옷만 급하게 주물럭거린 뒤 침대 옆에 널어두었다. 마르지 않으면 어쩌나 하는 걱정이 살짝 스쳐 가고, 피레네산맥을 넘었다는 뿌듯함이 몰려왔다. 몸은 힘들었어도 춤추듯 걸었던 순례길의 첫날이었다.

04

길
에
서

마
주
치
는

새
로
운

얼
굴
들

순례길 위에서 두 번째 날, 론세스바예스에서 수비리(Zubiri)까지 21.5킬로미터를 걷는 여정이다. 어제 넘은 피레네산맥에 비하면 쉽다는 이야기를 들어서 가벼운 마음으로 나섰다. 어제보다 거리도 짧으니까 일찍 도착하겠지. 평화로운 오후에 무엇을 할까? 즐거운 궁리를 하며 걸었다.

태윤이는 알베르게를 알아보고 있었다. 가격이 저렴하면서 세탁기와 건조기가 있고 조리가 가능한 부엌이 있을 것, 이용 후기가 좋은 곳, 특히 평가에 냉정한 한국인들의 평이 좋은 곳으로 찾아본단다. 알베르게 주인의 스페인어를 눈치껏 알아들으면서 겨우 침대 두 개를 예약해 뒀는데, 문제는 오후 2시까지 도착하지 못하면 자동 취소된다는 것. 성수기라서 우리가 제시간에 도착하지 못하면 예약해둔 침대는 다른 순례자들에게 넘어갈 수밖에 없다나? 우리의 느린 발걸음으로 제때 갈 수 있을까? 확신 없는 물음표가 가득했지만 아무튼 반드시 2시 안에 도착해야만 했다.

풍경은 아름다웠지만 길은 무척 험했다. 누가 이 길을 두고 평지라고 했는가! 바람 한 점 없는 땡볕에다가 좁은 산길과 돌바닥 오르막길이 끝없이 이어졌다. 피레네산맥은 오르막이었어도 광활한 풍경을 옆구리에 끼고 걸어서 눈이 즐겁기라도 했지, 바람이 불어서 시원하기라도 했지!

여긴 달랐다. 뜨거운 태양 아래에서 좁은 돌길을 걷는데 발걸음에 속도가 전혀 붙지 않았다. 이런 걸음으로 2시까지 도착은 절대 불가능이다. 전략을 짰다. 그나마 걸음이 조금 빠른 내가 앞서가기로 했다.

"엄마가 먼저 가서 알베르게에 짐 풀고 있을게. 너는 천천히 와."

호기롭게 앞장섰는데 바로 후회했다. 나 역시 지치긴 마찬가지여서 느림보 걸음이었다. 게다가 그 친절하던 노란 화살표가 오늘은 왜 이리 드물게 보이는지 어두운 숲길을 통과할 때는 겁까지 났다. 길을 잃으면 어쩌나 하는 두려움에 몸이 덜덜 떨렸다. 늦거나 말거나 태윤이랑 같이 걸을 걸, 하는 후회가 들 때마다 순례자들이 곁을 지나갔다. 그들 덕분에 길을 잘못 들지 않은 걸 확인하며 안심할 수 있었다.

시간 맞춰 도착해야 하는 상황인데도 힘들면 주저앉았다. 거의 30분마다 한 번은 바닥에 널브러져서 숨을 몰아쉬었다. 지친 기색이 역력한 얼굴로 부채질을 하고 있으면 지나가던 순례자들이 다정스럽게 나를 살폈다.

"괜찮니?"
"응 고마워. 부엔 까미노!"
"도움이 필요하니?"
"아냐, 괜찮아."(업어 주지는 않을 거지?)

"힘내. 부엔 까미노!"

"너 지쳐 보인다. 물은 있니? 물 좀 나눠 줄까?"

"아냐, 괜찮아. 고마워."(사실 물은 떨어졌는데 내가 남이 건네주는 물이나 마시던 물은 못 마시는 트라우마가 있어. 어릴 때 스테인리스 그릇에 담긴 사촌 동생 오줌을 보리차로 알고 마신 뒤로 생긴 거야. 자세하게 설명하지 못해 미안해.)

걱정 해주는 순례자들에게 번역해서 전하지도 못할 혼잣말로 나를 웃겨가면서 힘든 몸을 달랬다. 신기하게도 지나가는 순례자들이 '부엔 까미노!' 하면서 손을 흔들어 주면 얼른 엉덩이를 털고 일어나 걸어야겠다는 마음이 들었다. 그러고 일어나면 또 한참 걸을 수가 있었다.

기다시피 걸어서 도착한 마을, 수비리는 아름다운 곳이었다. 가파른 내리막길을 내려갔더니 마을 입구부터 흘러가는 시냇물이 맨 처음 마중을 나왔다. 동네 전체가 한눈에 쏙 들어올 정도로 아담했다. 흐르는 물소리를 들으면서 동화 속 작은 사람들이 살고 있을 것 같은 마을로 걸어 들어가는데 '와! 좋다. 너무 이쁘다!'라는 감탄이 그냥 쏟아져 나왔다.

시냇물은 어릴 적부터 치유의 장소였다. 흐르는 시냇물만 보면 그냥 모든 게 괜찮아졌다. 한참 바라보며 감상에 젖어 있다가 오늘의 목표가 생각났다. 서둘러야 한다. 지금 풍경을 여유롭게 음미할 틈이 없다. 2시까지 알베르게에 들어가야 한다!

태윤이가 알려준 알베르게 이름을 초조하게 외우면서 주변을 두리번거렸다. 마을 초입에 있어 그나마 찾기 쉬웠던 알베르게로 허겁지겁 들어갔다. 그곳에 걸린 시계는 2시 40분을 가리키고 있었다. 40분 정도는 봐줄 수도 있지 않을까 하는 기대를 품고 호스피탈레로 아주머니의 얼굴을 올려다보았다. 겨우 떠오르는 토막 난 단어를 이어 붙여가면서 사정을 말했다. "아까 오전에 내 딸이 예약했는데요." 취소됐단다. 이미 모든 베드가 다 찼다. 머리가 어지러웠다. 태윤이가 여기서 방을 구하지 못하면 다음 마을까지 걸어가야 한다고 했는데 난 더는 걸을 수 없다! 태윤이는 아직 도착도 안 했는데, 핸드폰 배터리도 떨어져서 연락도 안 되는데 어쩌란 말이냐. 근심 어린 얼굴로 내가 아는 단어를 외쳤다. "오마이 갓!"

그런 내게 호스피탈레로 아주머니가 다른 제안을 했다.

"독방이 있긴 한데, 여기보다 가격은 더 비싸지만 아주 좋아요. 보여 줄까요?"

"너무 비싸면 안 되는데 얼마예요?"

"36유로예요."

36유로면 비싼 건가? 머릿속으로 계산기를 막 두드렸다. 2층 침대가 1인당 10유로였지. 그럼 16유로 더 비싸게 묵게 되는 건데, 너무 비싼가? 아니다. 독방이라잖아. 비싸도 어쩔 수 없지. 우리는 더 걸을 수 없으니까.

평범한 아파트처럼 생긴 알베르게였다. 창문이 앙증맞게 달려있고 싱그 빛 깨끗한 침대보가 얌전하게 덮여있는 싱글 침대 2개가 나란히 놓여 있었다. 딱 좋은 크기의 방, 너무 넓어서 휑하지 않고 좁아서 답답하지도 않은. 무엇보다 우리 둘만 누워서 뒹굴뒹굴할 수 있는 단독 방이었다. 욕실도 우리 방 옆에 딱 붙어있어서 우리만 사용할 수 있었다. 편하게 즐기면서 샤워를 할 수 있다는 의미였다. 공용 샤워실을 사용한 지 얼마나 됐다고 벌써 이런 욕실에 감동하다니, 아직 순례자가 되기에는 멀었구나 싶어서 웃음이 새어 나왔다.

공동부엌 냉장고에는 센스 있게 얼린 얼음까지 있었다. 얼마 만에 만나는 얼음인가? 얼른 입에 하나 넣고 씹었더니 하루치 피로가 싹 사라져버렸다. 태윤이한테 칭찬받을 생각에 신이 다 났다. 태윤이가 오기 전에 빨래를 돌려놓고 오면 샤워하고 바로 입을 수 있게 탈탈 털어 햇볕에 널어뒀다. 마를까 안 마를까 혼자 동동거리다가 얼음물 한 병을 만들어 밖으로 나갔다. 더위에 지쳐서 내려올 태윤이한테 시원한 얼음물을 마시게 해줘야지.

마을 입구가 잘 보이는 곳에 자리를 잡았다. 한국인 두 사람이 앉아 있었다. 제주도에서 온 아저씨와 대전에서 교사로 일하고 있다는 아가씨였다. 셋이 앉아서 수비리 마을까지 내려오는 길이 얼마나 힘들었는지에 대해 하소연했다.

자, 이제 태윤이만 내려오면 되는데. 길에서 쓰러진 건 아닐까, 내려오기는 할까, 막 짜증 내면서 내려오면 어쩌지?

순례길에서 제일 신경 쓰이는 건 태윤이의 컨디션이었다. 아이의 표정에 따라 마음이 놓이기도 했고 불안해지기도 했다. 마침 내려오는 외국인에게 물어봐달라고 제주도 아저씨께 부탁했다. "아까 산 위에서 태윤이를 한 시간 전에 만났다, 물도 나눠줬다, 지쳐 보였지만 곧 내려올 거다."라고 외국인이 알려주었다. 내려오기는 하나 보다. 그제야 조금 안심이 되었다. 언젠가 도착하겠지만 아마도 패잔병의 얼굴로 기어 올 거라고 예상했다.

잠시 뒤 멀리서 태윤이 목소리가 들렸다. 곧이어 나타난 태윤이의 얼굴은 의외로 쌩쌩했다. 다리를 절룩이기는 했어도 짜증도 내지 않았고 기어서 내려오지도 않았다. 너무 반가워서 태윤이를 덥석 안아주었다. 긴 거리를 걸어본 경험이 없는 아이가 이틀째 꿋꿋하게 걷고 있으니 그것만으로도 대견했다.

'와, 이렇게 걷게 되는구나! 우리 딸한테 이런 힘이 있었구나! 길 위가 아니라면 있어도 알 수 없었을, 있어도 쓸 수 없었을 귀한 힘을 이렇게 발견하게 되는구나!' 순례길을 떠나올 때 가졌던 불안한 마음이 조금씩 옅어지고 그 자리에 믿는 마음이 채워져가고 있었다.

05

산
티
아
고
에
서

만
나
는

아
이
의
새
로
운
모
습

저녁은 제주도 아저씨, 대전 아가씨와 함께 식당에서 순례자 저녁 메뉴를 먹었다. 순례길에 있는 식당에는 '순례자 만찬'이라는 코스 메뉴가 있다. 보통 스페인식 샐러드나 파스타, 스페인식 볶음밥이라 할 수 있는 빠에야 중에서 하나를 선택하고 주메뉴로 닭고기나 소고기, 돼지고기 스테이크가 나온다. 양이 많아서 다 먹으면 배가 터질 듯이 든든해진다. 와인을 무제한 제공하는 곳도 있었다. 공짜 술을 마다하지 않고 마시다가 낮부터 취해서 걸은 날도 있다. 알고 보니 두 양반은 히말라야까지 다녀온 걷기의 달인들이었다. 일주일 동안 씻지도 못하고 고산병에 시달려가며 등반을 했지만 히말라야는 그 어떤 곳보다 신비로운 곳이라는 여행기를 즐겁게 듣다 보니, 다음에는 우리도 히말라야에 도전해야 하나 싶은 마음이 불끈 솟았다. 이런 건강한 자극이라니! 좋았다.

"엄마, 우리 다음에는 히말라야에도 꼭 도전해보자."

어른들과의 대화에 주눅 들지 않고 함께 즐기고 있던 태윤이가 내게 말했다. 웃고 있는 태윤이의 얼굴이 좋아서 실실 웃음이 삐져나왔다.

태윤이가 중학교에 입학한 뒤 맞은 첫 여름방학의 어느 날. 운동하고 집에 들어왔더니 내 책상 위에 '홈스쿨링 계획서'라는 제목의 보고서가 한 묶음 놓여 있었다. '올 것이 왔구나' 싶었다. 학교가 정한 커리큘럼을 따라가는 수동적인 공부보다 혼자 계획 세워서 스스로 하는 공부를 하고 싶다는 생각, 구체적인 공부 계획, 공부의 목표가 정리되어 있었고 엄마 아빠가 할 만한 질문을 미리 뽑아 자기 나름의 답까지 정리해둔 일목요연한 보고서였다. 태윤이는 시간과 공간의 주인으로서 자기 존재를 드러내고 싶어 했다. 우리 부부는 아이의 마음을 이해했기에 주저 없이 응원하고 지지했다.

우리의 결정과 달리 학교의 절차는 조금 까다로웠다. 숙려 상담 제도를 통해 상담 선생님과 상담을 거친 다음, 여러 선생님이 위원으로 있는 자리에 아이와 함께 참여해 확실한 의지를 밝힌 다음에야 허가받을 수 있었다. 태윤이를 잘 아는 담임 선생님은 태윤이를 믿고 잘하리라 지지해 주셨다. 그러나 교장 선생님과 다른 선생님들은 학교 밖 청소년의 문제점을 나열하면서 비관적인 태도를 보였다. 한 선생님이 남긴 말은 오래도록 잊히지 않았다.

"이 결정을 언젠가 분명히 후회할 거예요. 사회성이 떨어질 거예요."

별말 하지 않고 인사만 드리고 나오는데 마음이 무거웠다. 정말 사회성이 떨어질까 두렵기도 했고, 사회의 많은 사람이 편견 어린 시선으로 우리 태윤이를 보면 어쩌지 하는 걱정에 표정을 펼 수가 없었다.

"윤아, 집에서 혼자 공부하면 사람들과 만날 기회가 잘 없을 텐데 정말 괜찮을까?"

"걱정하지 마, 엄마. 사람은 학교에서만 만나는 거 아니잖아. 어디에든 좋은 사람들은 있어. 그리고 내게는 엄마와 아빠도 좋은 어른이잖아. 엄마, 아빠랑 대화하면서 배우는 게 얼마나 많은데? 여러 공간에서 새로운 사람을 만나 잘 어울릴 자신이 있는데 사회성이 왜 떨어지겠어? 괜한 걱정하지 마."

교무실을 나오는데 태윤이 반 아이들 열댓 명이 달려 나와서 아이를 둘러쌌다. 가지 말라고 팔을 잡고 너랑 계속 공부하고 싶다고 목을 끌어안고 허리를 붙잡는 아이들 사이에 선 태윤이가 환하게 웃으면서 아이들을 어른스럽게 달래고 있었다. 저렇게 친구들을 좋아하는 아이가 혼자서 공부하겠다니, 마음이 뭐라 표현할 수 없을 만큼 복잡했다.

"윤아, 저렇게 너를 좋아하는 친구들은 학교에 다 있는데 괜찮아?"

"학교는 떠나도 친구는 계속 볼 수 있어."

그 뒤로 2년 동안 아이는 내내 혼자 지냈다. 친구들이 가끔 놀러 오고 연락을 주고받기는 했지만 혼자 있는 시간이 대부분이었다. '사회성이 떨어질 거예요'라던 선생님의 말씀이 가끔 생각이 날 때면 여지없이 불안이 치고 올라왔다.

순례길을 걷는 이들도 대부분이 성인이라 낯가림하지 않을지 걱정이 들었다. 기우였다. 태윤이는 다른 이들과 나보다 더 잘 어울렸다. 낯가림은 오히려 내가 심했다. 태윤이는 순례길에서 처음 만난 어른들을 마치 동네에서 오래 봐온 편안한 이모, 삼촌처럼 스스럼없이 대했고 넉살 좋은 농담도 잘 던지는 아이였다. 한번 만난 사람과 순례길이 끝날 때까지 연락을 주고받기도 하고, 지금까지도 안부를 전하며 지내는 이들도 여럿이다. 사람들 틈에서 환하게 웃고 있는 아이의 얼굴이 참 반가웠다. 평상시에는 보지 못했던 얼굴을 만나는 것. 여행이 주는 특별한 선물이었다.

엄마들이 우리 아이들의 새로운 얼굴을 만나기 위해서라도 아이들과 낯선 공간으로 여행을 자주 떠나면 좋겠다고 생각했다. 아이의 새로운 표정을 만나고 처음 건네는 말들을 듣다 보면 몰랐던 아이를 조금 더 알게 되고 아이가 가진 가능성을 믿게 된다. 파울로 코엘료는《순례자》에서 "때가 되면 누구나 길을 떠난다. 그 길 위에 당신을 기다리는 사람이 있다."라고 말했다. 문득, 나를 기다리고 있는 사람은 다름 아닌 '다른 얼굴을 하고 있는 자신'이 아닐까 싶었다.

06

언
제
나

겸　　걸
손　　어
하　　야
게　　하
　　　는
　　　길

수비리의 안락한 침대에서 꿀잠을 자고 일어났다. 컨디션이 무척 좋을 줄 알았는데 아니었다. 다리가 묵직해서 걷는 게 힘들었다. 절룩거리면서 오늘 시작할 순례의 길 입구를 찾았다. 새벽의 공기를 온몸으로 맞으며 걷는 길은 상쾌했지만 숙소로 다시 돌아가 쉬고 싶은 마음도 끊이지 않았다. 앞으로 우리가 걸어가야 할 길들이 아득하게 느껴졌다. 오늘은 20킬로미터를 걸어야 숙소에 닿을 수 있다. 까마득했다.

오늘의 목적지는 산티아고 순례길에서 처음 만나는 대도시 팜플로나(Pamplona)이다. 매년 7월경 소 떼가 도시 한 가운데를 질주하는 것으로 유명한 '산 페르민 축제'가 열리는 곳이다. 우리가 도착한 날은 축제가 끝난 뒤였다.

작은 마을만 거쳐 오다가 큰 도시로 들어가는 날이라니 마음은 설레는

데 몸이 따라 주지 않았다. 걸을수록 다리의 통증이 점점 심해졌다. 신기한 것은 걷다 보면 또 걸어진다는 거였다. 걷다 보면 통증 자체가 원래 내 다리 일부였던 것 같은 순간이 왔다. 긴 거리를 걷는 것은 우리 일생에 처음 있는 일이라 아무것도 짐작하지 못했다.

다리를 심하게 절룩거렸다. 절룩이는 다리로 겨우 걷다가 도착한 마을의 예쁜 카페에 앉았다. 몸이 아픈 것과는 별개로 마음에는 기쁨이 활짝 폈다. 카페에 앉아 평화롭게 바게트를 뜯고 있는데 이런 날들을 하루씩 먹어가고 있다고 생각하니까 남은 길이 벌써 아쉬워지기까지 했다. 절룩거리며 걸어도 좋은 길. 이 길의 정체는 대체 뭔가 싶었다.

카페를 나와 한참을 걷다가 마침 물이 떨어져서 물도 담을 겸 다시 쉬었다. 산티아고 순례길의 곳곳에는 시원한 물이 콸콸 나오는 수도꼭지가 있다. 물이 떨어질 때쯤이면 반드시 나타났다. 생수를 사 먹을 필요가 거의 없었다. 생수병에 물을 담고 있는데 지나가던 아가씨가 우리말로 반갑게 말을 걸어왔다.

"저, 혹시 광주에서 오신 엄마랑 딸이에요?"

"어? 어떻게 아셨어요?"

"아, 맞구나. 어제 수비리 넘을 때 엄청 힘들었거든요. 길에 앉아 쉬고 있는데 자전거 타고 지나가던 부부가 알려주시더라고요. 힘들면 천천히 쉬면서 오라고요. 뒤에 더 느린 모녀가 오고 있으니까 걱정하지 말라고."

우리도 모르는 새에 우리들의 느린 걸음이 누군가에겐 힘을 주고 있었나 보다. 먼저 말을 걸어온 은영 씨와 금방 친해졌다. 회사에 다니다가 그만둬야 하나, 다른 일을 해야 하나 고민의 갈림길에서 자신을 돌아보려고 순례길에 왔다는 은영 씨는 지친 태윤이의 좋은 길동무가 되어 주었다.

먼저 걸어가겠다는 내게 태윤이는 잔소리를 늘어놓았다. 오늘 묵을 알베르게 이름과 찾아가는 방법, 알베르게에 들어가서 예약자 이름을 말하고 수속 밟아놓고 기다리라는 당부를 몇 번이나 들은 후에야 풀려날 수 있었다. 중간에 길을 잃으면 그 자리에서 가만히 기다리라는 말까지 들었다. 이럴 때는 태윤이가 나의 보호자인 것 같다.

외국에서 낯선 길을 걷는 동안 태윤이는 나를 못내 불안해했다. 엄마가 길을 잃지 않도록 돌보는 것에서부터 낯선 열매를 못 따 먹게 하고 차를 조심시키는 일까지 자기 몫으로 여겼다. 나는 나대로 태윤이를 걱정하고 태윤이는 저대로 나를 걱정하며 살폈다. 누가 누구의 엄마인지 자주 헷갈렸다.

은영 씨와 이야기를 나누며 걸어오는 아이를 뒤로하고 호젓하게 걸음을 뗐다. 그동안은 태윤이가 지쳐서 나와 너무 멀어질까 봐 매번 뒤를 살피면서 걸었다. 오래도록 태윤이의 얼굴이 보이지 않으면 슬그머니 걱정돼서 마냥 기다리기도 했다. 혼자 걷는 이들은 자신의 몸과 마음만 살피면서 자기에게 맞는 속도를 찾아갈 수 있겠지만, 아이와 함께 온 나는 아이의 몸과 마음, 아이의 속도까지 살피며 걸어야 하는 데서 오는 피로감이 상당했다. 감당해야 했다. 그리고 혼자가 된 지금, 갓난쟁이 아이를 맡겨놓고 잠깐 외출한 어린 엄마처럼 해방감마저 느껴졌다.

팜플로나는 작가 어니스트 헤밍웨이가 그의 첫 번째 소설《태양은 다시 떠오른다》를 쓴 도시로도 유명하다. 도시에 들어서니 현대식 관광길이 펼쳐져 있었다. 혼자서 무작정 걷다 보니 여기가 카스티요 광장인지, 저 건

물이 시청 건물인지, 저 길에 보이는 카페가 혹시 헤밍웨이가 자주 들렀다는 그 카페인지, 아무것도 모르겠다. 남들은 일부러 찾아와 며칠을 머물면서 둘러보는 공간을 나는 소가 닭 보고 지나가듯 무심히 지나치며 알베르게를 찾아가기 바빴다.

팜플로나 입구에 들어서면 우리가 찾는 알베르게가 딱 나타날 줄 알았건만. 도시를 가로질러 1시간을 넘게 걸었는데도 알베르게는 보이지 않았다. 도시의 아스팔트 길은 산길을 걸을 때보다 발바닥에 몇 배의 힘이 더 들어갔다. 역시 사람은 겸손해야 하는구나, 새삼 깨달았다. 쉽다고 까불었더니 바로 어려움이 덮쳤다.

지도도 없이 걸으려니 내가 가는 이 길이 맞는 길인지 막막했다. 노란 화살표도 잘 보이지 않았다. 드문드문 있는, 그나마 눈에 잘 띄지 않는 노란 화살표를 믿고 걷기에는 내 몸이 너무 지쳐있었다. 어디로 가야 할지 헷갈려서 짜증이 머리끝까지 차오를 때쯤 독일인 순례자 부부를 만났다. 그들 뒤를 졸졸 따라갔다. 그들을 놓치면 오늘 묵을 알베르게에 도착하지 못할 거라는 위기감을 안고 악착같이 따라붙었다. 다행히 그들은 나를 귀찮아하지 않았다. 수시로 뒤돌아보며 절룩이는 내 무릎을 걱정해주고 말도 걸어주었다. 물론 깨진 영어로 나누는 대화라 온전한 이해는 어려웠다. 그래도 속 깊은(?) 대화를 많이 나눴다. 어제 침대가 너무 편해서 깊은 잠을 잤다는 등의 대화였지만 말이다.

드디어 팜플로나 성벽 앞에 섰다. 어릴 적 동네 마당처럼 뛰어놀던 문경새재의 성벽과 꼭 닮은 성벽을 끼고 걷는데, 마치 꿈결처럼 '잘 왔다, 너를 기다렸다.'라는 목소리가 들렸다. 진짜 들었지만 나도 믿기지 않아서 태윤이에게조차 말하지 않았다. 죽기 전에 다시 가고 싶다던 헤밍웨이의 바람이 완벽히 이해된 팜플로나 성벽 안의 또 다른 공간으로 들어섰다. 거기에 알베르게가 있었다.

07

마
음
의
연
결

잔뜩 긴장하고 지친 상태로 도착한 팜플로나의 공립 알베르게에는 근사한 부엌이 있었다. 몸이 이렇게 고된데도 조리가 가능한 부엌을 보니까 뚝딱뚝딱 맛있는 걸 만들어서 애쓰며 걸어온 이들의 배를 따뜻하게 채워주고 싶은 마음이 생겼다. 뒤늦게 다 쓰러져가는 상태로 도착한 태윤이도 오랜만에 요리를 해 먹자는 말에 기운을 차렸다. 알베르게 냉장고를 열어보니 쌀이랑 야채 사두리가 요리할 만큼 다양하게 있었다. 고기만 좀 더 있으면 되겠다 싶었다. 태윤이를 보냈다. 돼지고기와 고추장만 사 오라 했더니 소고기까지 큰 덩이로 사 왔다. 소고기가 너무 싸서 그냥 올 수가 없었다나?

쌀부터 씻어 냄비에 안쳤다. 냄비밥은 처음이었다. 유럽 쌀로 지은 밥은 어떻게 완성될지 모르겠다. 일단 센 불에 올려두고 끓는 걸 봐가면서 불을 줄였다. 뚜껑을 열어 숟가락으로 살살 뒤집어 보니 쌀이 밥처럼 되어가기는 했다. 양파와 당근, 브로콜리를 몽땅 넣고 돼지고기는 고추장으로 양념했다. 참기름이 있으면 딱 좋겠지만 대신 올리브유를 넉넉하게 두르고 양념한 고기를 달달 볶았다. 근사한 냄새가 풍겼다. 그럭저럭 한국식 돼지고기 주물럭 맛이 났다. 싸서 사 왔다는 소고기는 유럽 스타일로 구웠다. 와인이랑 맥주까지 준비되었다. 여러 사람이 나눠 먹어도 괜찮을 양과 모양새가 갖춰졌다.

그동안 태윤이랑 마음을 나눴던 사람들이 식탁으로 모여들었다. 피레네 산맥을 넘을 때 태윤이와 처음 만나 친해진 크리스티나, 오늘 지친 태윤이의 길동무가 되어 팜플로나까지 끌고 와준 은영 씨, 어제 그제 우리를 잘 챙겨주셨던 제주도 아저씨, 팜플로나 알베르게에서 만난 한국인 남매. 모두 태윤이가 초대한 사람들이었다. 마을 잔칫상에 초대받아 앉아 있는 듯 흥겨운 분위기가 물씬 풍겼다. 식당에서 사 먹기만 하다가 오랜만에 갓 지은 쌀밥과 한국식으로 볶아 놓은 고기반찬을 보자 다들 반가워했다. 서로의 접시에 음식을 나누고 술잔을 채웠다.

맛있는 음식이 들어가면 마음이 열리고 서로에게 스며든다. 순례를 시작하게 된 이유며 걷는 동안 어떤 일들을 겪었는지 소소한 이야기들을 나누다 보니 빠져나갔던 에너지가 다시 생생히 차오르는 기분이었다. 걷는 일에 적응하기 급급해서 다른 사람들과 마음을 나눌 여유가 없었는데 이제야 순례길을 걷는 다른 존재들이 눈에 들어왔다.

태윤이랑 피레네산맥을 함께 걸었던 크리스티나의 이야기가 특히 인상 깊었다. 물론 태윤이가 통역자로 우리 사이에서 이야기를 전해주었지만, 마음과 마음이 연결된 상태에서 나눴던 대화라 걸리는 것 없이 온몸으로 흡수됐다.

크리스티나는 나에게 어떤 일을 하고 있는지 물어온 첫 번째 사람이었다. 태윤이와 함께 걷다 보니 나의 정체성은 그냥 엄마로 굳어져 있었다. '광주에서 온 엄마', 다들 그렇게 불렀지, 나를 궁금해하는 사람은 없었다. 질문한다는 것은 나의 존재를 진지하게 받아들여 준다는 의미이고 알고 싶다는 의미이다. 정말 반가웠다.

"태윤 엄마는 무슨 일 하세요?"
"그냥 집에서 살림하는 사람이지 뭐. 주부라고 해, 주부."

태윤이가 우리 엄마를 작가라고 할까? 강사를 어떻게 설명하지? 어떻게 표현하면 좋을지 잠깐 말을 고르는 사이 제주도 아저씨가 끼어들었다.
아, 제주도 아저씨가 또. 어제 수비리 식당에서도 "남편을 혼자 두고 이곳에 오다니 대단하시네요." 하더니 말이다.
뭐, 익숙한 반응이다. 여기 산티아고에서만이 아니다. 한국에서도 특별한 설명을 덧붙이지 않는 한 아이 곁에 있는 중년의 여성은 그저 엄마 혹은 주부로 불린다. 중년 여성에 대한 상상력이 아주 빈곤한 사회다. 엄마이자 주부라는 세계 바깥에서 여성들이 활동하고 꿈꾸고 살아가고 있다는 사실이 잘 받아들여지지 않는 사회에 우린 살고 있다.

"아니에요. 아저씨. 그냥 주부 아니에요. 우리 엄마 강사예요. 작가이기도 해요."

태윤이의 귀와 입을 빌려 대화를 나눴다.

"난 강의도 하고 글을 쓰는 사람이에요."

"그래요? 주로 뭘 가르치세요?"

"좋은 부모 되는 방법이라던가, 당당한 여성으로 살아가는 일 같은 거요."

"글은 주로 어떤 걸 쓰시는데요?"

"여성들 내면에 가지고 있는 힘에 관심이 많아요. 누군가에게 힘을 주는 글을 써왔고, 앞으로도 쓰고 싶은데 잘하고 있는지는 모르겠어요."

큰아이를 임신했을 때 석사학위 논문을 썼다. 그때부터 나의 관심은 온통 여성에게 내재된 힘을 어떻게 키울 것인가로 모아졌다. 그건 내 삶의 고민이기도 했다. 사회적으로 여성은 온전한 존재로서 존중받기보다 '아내'나 '어머니'라는 역할만 조용히 수행하기를 요구받는다.

나 역시 결혼하고 임신하면서 내 존재가 지워지는 것 같아 너무 두려웠다. 내 이름으로 빛나는 삶을 살고 싶은데 결혼하고 아이를 가진 여성이 그렇게 사는 데에는 걸림돌이 많았다. 누군가가 '너는 너 자신으로 존재해야 한다', '너는 잘 할 수 있는 힘을 가지고 있다'라는 이야기를 해주길 간절히 바랐다. 자연스럽게 학위 논문의 주제도 상처받고 나약했던 한 여성이 '글쓰기'를 통해 힘을 얻고 새로운 주체로 성장하는 이야기로 정했다.

배 속의 아이와 함께 공부하고 글을 쓰면서 나 자신을 긍정할 힘을 회복할 수 있었다. 그 이후로 나는 여성이 자신의 힘을 알아차리고 힘을 내어 잘 살아갈 수 있도록 돕고 싶어서 강사가 되었고 글을 쓰고 있다.

"책도 쓰신 거예요?"

"네. 첫 책은 아이 키우는 엄마들에게 들려주고 싶은 이야기를 담은 교육서였어요."

"와, 멋지네요. 저도 여기 순례길에서 치유 받는 느낌을 받았어요. 힘을 찾았다고 할까요?"

크리스티나는 진지한 얼굴로 자기 이야기를 들려주었다. 크리스티나는 작년에 사랑하는 사람을 하늘로 보낸 뒤 상실의 아픔에 시달려 왔다. 몸이 진짜 아팠다고 한다. 병원에 가도 별 이유를 찾지 못한 채, 아랫배에서 올라오는 참기 힘들 정도의 통증이 지속됐단다. 상처를 치유하고 싶다는 간절한 마음으로 순례길 위에 선 그녀는 충분히 아파하면서 걸었다. 걷다 보니 몸의 통증이 실제로 나아지고 있다고 했다. 사랑하는 사람의 영혼을 걸음마다 느끼고 있고 자신이 알지 못하던 힘을 발견했단다.

"길을 걷다 보면 우리 자신을 더 깊이 들여다볼 수 있게 되는 거 같아요."

"맞아요. 자신을 깊게 들여다보게 되니까 자기 안에 무엇이 있는지도 잘 알게 되고요."

"내가 왜 여기 왔는지 말해줄까요? 나 사실 내 딸에게도 처음 말하는 거예요. 내가 죽을 수도 있잖아요? 아니죠. 언젠가는 죽지요. 내가 죽은 뒤에 홀로 남은 내 딸이 살다 보면 삶의 지뢰를 밟을 수도 있고 무력감에 엎드려 우는 날도 있지 않겠어요? 그럴 때 떠올리라고요. 무거운 배낭을 메고 힘들어도 포기하지 않고 꿋꿋하게 걷는 내 모습을 아이 마음에 사진처럼 남겨주고 싶어서 왔어요. 상처받거나 절망에 빠져 있을 때 '아, 엄마는 산티아고 순례길에서 포기하지 않고 걸었지'라는 사실을 떠올리며 힘을 내라고요."

크리스티나의 진심이 담긴 말을 듣고 나도 모르게 이런 말들이 흘러나왔다. 마음속에 오래 묵혀 둔 말이어서 무거웠다. 한 마디 한 마디 천천히 꾹꾹 진심을 담은 말이 가 닿았는지 그녀의 눈시울이 붉어졌다. 곁에 앉아 듣고 있던 은영 씨도 울고 있었다.

사는 나라도, 살아온 시간도 저마다 제각각인 우리지만 여성으로서 겪어 온 공통의 경험이 있기에 모두 뭉클했다. 딸을 생각하는 엄마의 마음, 여성이 힘을 내어 잘 살아가기를 바라는 응원의 마음이 국적과 나이를 넘어 우리를 하나로 묶어 주었다. 순례길에서 잠깐 만나 한 끼의 식사를 나눴을 뿐인데, 십 년은 쌓인 듯한 우정의 냄새가 났다. 순례길이 주는 선물을 받은 기분이었다.

팜플로나 알베르게 공동부엌의 창문 밖에 어둠이 깔렸다. 여러 순례자가 옆 테이블에서 각자의 저녁 식사를 하고 일어서는 장면이 여러 번 반복되는 동안 우리의 대화는 계속되었다. 열어 둔 창문으로 바깥의 열기가 계속 들어오는데 우리가 뿜어내는 열기도 만만치 않아서 부엌은 사우나처럼 후끈했다.

내일의 순례길을 걸으려면 자야 했다. 아쉬운 마음을 남기고 내 몫의 침대에 누웠다. 머리꼭지까지 차오른 감흥이 쉽게 가라앉지 않아 오래 뒤척였다. 산티아고 순례길에 있는 나 자신이 무척 마음에 들어서 가슴 위에 손을 올린 채 한참 있어야 했다.

08

삼겹살의 힘일지라도

걷고 있으면 된 거야

저녁 만찬의 감흥을 음미하느라 오래 뒤척이다가 겨우 눈을 붙였는데 옆 침상에서 부스럭거리는 소리가 들렸다. 너무 궁금해서 슬쩍 보았더니 팬티만 입고 앉은 젊은 외국인이 온몸을 비비고 있었다. 건식 마사지 중인가? 버석버석 몸을 비비는 소리가 한참 이어졌다. 어제 마신 술이 머리를 짓누르고 시간도 너무 일렀지만, 다시 잠이 들 것 같지도 않아서 나설 채비를 시작했다.

태윤이는 조금이라도 더 자게 두자. 태윤이 짐까지 정리를 마치고 잠깐 누워있다 보니 일어나자고 약속한 시간이 되었다. 태윤이를 살포시 깨워 알베르게 밖으로 나왔다.

어두컴컴한 밖에 서 있으니 설렘과 두려움이 동시에 덮쳤다. 푸르스름한 하늘, 반짝이는 샛별, 거리의 노란 가로등 불빛, 촉촉하게 젖어있는 공기에 마음은 한껏 부풀지만, 걸어가야 할 일을 생각하니 막막해졌다. 하필

날도 궂고 비까지 오다 말다 했다. 판초 우의를 꺼내서 입었다가 벗었다가 하면서 걷는데 몸이 무척 둔했다. 안 그래도 다리가 아픈데 바짓단까지 축축하게 젖으니까 다리를 한걸음 옮기는 것도 힘겨웠다. 팜플로나 도시를 빠져나가는 데만 한 시간이 넘게 걸린 듯했다. 도시는 들어갈 때도 힘들지만 나올 때도 아득했다. 태윤이는 계속 팜플로나에 남은 은영 씨를 부러워했다. 더 부러워하기 전에 서둘러 말을 걸었다.

"태윤아, 너는 용서의 언덕•에 올라가면 용서하고 싶은 게 있어?"
"응, 나는 여기 오겠다고 했던 며칠 전의 나를 용서하고 싶어."

실패다. 힘들다는 표현이다. 태윤이는 팜플로나에서 삼일동안 관광을 즐길 예정인 은영 씨를 몇 번 더 소환하며 대놓고 부러워했다. 나도 마찬가지다! 딸과 함께 오겠다고 한 과거의 나를 용서하고 싶어졌다. 아픈 나의 무릎과 태윤이의 지친 몸을 함께 끌고 걸어야 하는 길에 서 있으려니 마음마저 무거워졌다.

마음이 갑갑하니까 무릎이 어쩐지 더 아프게 느껴졌다. 약국이 보였다. 한국 약국에서처럼 저렴한 무릎 보호대 하나 사려고 가볍게 들어갔는데 약사가 날 의자에 앉혀 놓고 이것저것 물어보고 무릎도 만져보고 다리도 구부렸다 폈다 해보라고 했다. 약사가 알아듣지 못할 스페인어로 한참을 설명하더니 보호대 하나를 권했다. 태윤이가 가격을 물어보니 50유로라고 한다. 헉, 비싸도 너무 비싸다. 5유로 정도면 사겠거니 했는데 예산 초과

● 용서의 언덕(Alto del Perdon): 팜플로나에서 푸엔테 라 레이나까지 가는 길 사이에 있는 언덕이다. 순례길에서 의미 있는 공간 중 하나이다. 파울로 코엘료의 《순례자》에서는 은하수의 길로 표현되어 있다.

다. 내 입에서 투덜거리는 소리가 나왔다.

"엄청 비싸네. 아휴 돈 아까워. 효과가 있을지 없을지도 모르는데. 그냥 사지 말고 나오지."
"어떻게 그래. 다리 아프다면서? 좋은 거 해야지. 비싼 게 문제야?"

보호대 하나 때문에 모녀간 말싸움만 터졌다. 너무 비싸다고 툴툴거리면서 레깅스를 낑낑대며 걷어 올리고 맨 무릎에 보호대를 찼다. 보호대 안쪽에 진통제 성분의 약이 발라져 있는지 화끈한 느낌이 들면서 통증이 한결 나아졌다. 아프던 무릎이 조금 괜찮아지니까 50유로도 잊혔다. 태윤이의 표정은 여전히 어두웠다. 무릎이 아픈 건 나인데 태윤이가 다리를 질질 끌며 마지못해 걷고 있었다.

"아까 짜증 내서 미안."
"어."

용기 내서 먼저 사과도 했는데 태윤이는 퉁명스럽게 받아치더니 길바닥에 털썩 주저앉아 버렸다. 옆에 서서 기다리는데 먼저 가라고 또 짜증이었다. 잔소리 좀 하려다가 그러면 또 싸우게 될까 싶어서 알았다고 했다. 먼저 가 주는 게 도와주는 거다. 이럴 때는 힘내자고 건네는 말들도 듣기 싫다는 걸 나도 아니까.

그냥 혼자 앞서서 걷기 시작했다. 씩씩하게 걷는 뒷모습을 보여주려고 온 거잖아? 하면서 허리를 꼿꼿하게 세웠지만 남은 순례길이 막막하게 느껴지는 건 어쩔 수가 없었다. 저런 짜증을 얼마나 더 받아주면서 걸어가야 할까? 어쨌든 나는 또 걸어야 해서 걸었다.

보호대의 힘을 받아서 걷다가 바람이 머무는 곳에 앉았다. 음악을 들으면서 수첩에 글도 썼다. 출출해서 캔맥주 두 개를 야무지게 마셨다. 살라미 소시지를 먹기 좋은 크기로 팔길래 두 개 사서 안주로 먹었더니 기분이 환하게 맑아졌다. 힘든 몸은 맛있는 걸로 달래고 눈에는 아름다운 풍경을 담으며 걷다 보니 마음이 한결 가벼워졌다. 지친 태윤이의 마음도 회복이 됐나 보다. 뒤처져서 길바닥에 늘어지게 앉아 있던 태윤이가 어느새 빠른 걸음으로 나를 앞지르면서 말했다.

"엄마, 힘차게 걸어야 할 목표가 생겼어!"
"어머, 진짜? 뭔데?"

얘가 엄마한테 짜증 내고 나서 미안해졌나? 잠깐 사이에 어떤 각성에 이르러서 이런 대단한 결심을 한 거지? 마음이 막 설렜다. 두 눈을 일부러 깜박거리면서 귀여운 표정으로 태윤이의 눈을 바라봤다. (얼른 내 맘에 쏙드는 대답을 들려줘!)

"오늘 도착하면 삼겹살을 구워 먹겠어! 삼겹살 구워 먹을 생각하니까 힘이 막 나!"
"그, 그래."

삼겹살이었다. 난 또 거룩한 깨달음이 온 줄 알았다. 삼겹살이라는 말에 허탈한 웃음이 나왔지만, 목표가 생겨서 정말 다행이라고 웃어 주었다. 힘내서 걷는 일에 무슨 거창한 이유가 필요하겠어? 이런 소소하고 확실한 목표가 힘을 만들어 주는 거지. 태윤이는 어릴 때부터 그랬다. 아주 사소한 기쁨을 걸고 그걸 위해 움직이는 아이였다. 하긴 나도 마찬가지다.

내가 걷기에 재미를 들이고 일상의 루틴으로 장착하게 된 데에는 작은 목표와 성취가 한몫했다. 귀찮아도 잘 걷고 들어오면 시원한 맥주 한 잔을 선물처럼 마시는 것, 이런 소소한 기쁨이 나를 움직이게 해주었다.

그래, 삼겹살이든 밥이든 널 포기하지 않게 하는 무언가가 있다는 게 기쁘다! 너를 씩씩하게 걷게 하는 이유라면 무조건 고맙지. 앞서 나가는 아이의 등을 보는데 언제 우리가 싸웠나? 싶게 금방 사이가 좋아지는 우리가 웃겨서 웃었다. 비록 삼겹살을 향해 걷는 걸음일지라도 씩씩하게 걸어가고 있으니 됐다. 이렇게 웃으면서 걸어가고 있으면 된 거다.

용서의 언덕까지 이르는 탁 트인 들판을 걸으면서 '나는 용서 구할 일을 별로 안 하고 살았는데'라는 자만에 빠져 있었다. 용서의 언덕 위에 세워져 있던 철판 동상을 보면서 용서를 구해야 할 일이 바로 떠올랐다. 아이가 내 속도대로 힘을 내주지 않아서 잠깐 미워하고 원망했던 옹졸한 엄마, 아까의 나를 용서해 주라고 말이다.

09

버리고,
꿋꿋하게,
목적지를 향해서

어제 힘들게 걸었고 무릎 통증도 여전해서 오늘은 로르까(Lorca)까지 14킬로미터만 걸을 작정이었다. 그동안 걸어 온 거리에 비하면 짧은 거리다. 우리는 그동안 하루 평균 24킬로미터 정도씩 걸어왔다. 새벽부터 걷기 시작해서 오후 3시 전후로 마무리하는 일정이었다. 순례길 가이드가 권장하는 거리는 20킬로미터 전후다. 이렇게 걸으면 한 달 안에 산티아고 대성당에 도착할 수 있다.

14킬로미터 정도면 오전 안에 끝마칠 수 있을 것 같았다. 심리적 부담이 확 덜어진 가뿐한 마음이 드는 것이 당연했다. 계산상으로는 말이다. 그런데 몸 상태가 좋지 않다는 복병이 있었다. 무릎은 여전히 아프고 피로는 누적되고. 쉬어가야 할 필요가 있었다.

출발 전에 짐부터 줄였다. 매번 가방 배달 서비스를 받을 수도 없고 무거운 가방을 짊어지고 다니기도 힘들다. 어제까지 끌고 왔던 책 4권을 버렸다. 그 중 읽지 않은 책이 두 권이나 됐지만 미련 없이 버렸다. 아니다. 힘겹게 버렸다.

  내게 책을 버리는 일은 돈을 버리는 일보다 더 힘들다. 읽지도 않을 책을 사서 쟁여 놓고 다 읽은 책도 굳이 버리지 않는다. 책이라면 일단 가지고 있는 것을 너무 좋아한다. 우리 집엔 살림살이가 거의 없다. 여느 자취방 수준도 안 될 만큼이다. 오로지 책만 가득하다. 작은방, 큰방, 거실, 모든 곳에 책만 있을 정도다. 그런 내가 책을 자발적으로 버렸다는 것은 짊어진 가방의 무게가 어지간히 힘들었다는 의미였다. 당장 가볍게 걸을 수만 있다면 나는 가방을 통째로 버릴 수도 있을 만큼 절박했다.
  마지막 날 예쁘게 화장하려고 챙겨온 쿠션과 립스틱도 버렸다. 순례가 끝나면 폴란드에 있는 태윤이 친구 집에 놀러 가기로 했는데 그때 멋 좀 내려고 가져온 것들이었다. 막상 무게는 얼마 나가지 않지만 가지고 다닐까 망설이다가 결연하게 버렸다. 어떤 순례자들은 무게를 줄이려고 칫솔 대롱까지 자른다는 이야기도 들었다.

  반면 태윤이 짐은 미련 없이 버릴 수 있었다. 태윤이가 아끼는 에코백과 빨래집게 등 두면 유용하게 쓰일 것들이겠지만 당장 이 길 위에 없어도 될 것들을 정리했더니, 가방이 반으로 훅 줄었다. 가뿐해졌다. 바람이 휘날리는 저녁에 빨래를 널어야 할 때가 한두 번이 아니어서 그때마다 빨래집게가 아쉽기는 했다. 그 대가로 몇 유로씩 지불하고 건조기를 이용해야 했다. 걸으면서 '책은 살려둘 걸 그랬나. 오늘, 내일은 책 읽을 여유 시간이 많을 텐데.'라는 미련도 수시로 날아왔지만 어쩔 수 없는 일이었다.

각자 자기 가방을 짊어지고 가벼워진 마음으로 알베르게를 나섰다. 가로등 불빛을 앞세우고 푸엔테 라 레이나(Puente la Reina, 여왕의 다리)를 통과했다. 축제가 열리는지 군데군데 사람들이 와자지껄하게 모여 있었다. 우리처럼 아침을 먹으려는 순례자들로 가득한 작은 바를 찾았다. 문 입구에 배낭과 스틱을 놓고 자리에 앉았다. 금방 구워 아삭한 크루아상이 우리의 기분을 풀어주었다.

힘내서 걷자며 손잡고 '여왕의 다리'를 건넜다. 나바라 왕 산초 3세의 부인이 물살이 센 아르가 강을 건너는 중세 순례자들의 안전을 위해 이렇게 아름답게 만들어서 '여왕의 다리'라고 불린다고, 태윤이가 알려 주었다. 배낭도 가벼워졌고, 마음도 가볍고, 눈도 호강 중인데, 몸이 힘든 것까지는 막아주지 못했다. 몸의 반응은 늘 솔직했다.

"엄마가 보고 싶어."
"엄마 여기 있잖아."
"아니 눈앞에 엄마 말고, 집에서 고양이랑 뒹굴고 있는 엄마 말이야."
"그런 엄마라면 나도 보고 싶다."

순례자들은 대부분 새벽 6시쯤 알베르게를 나섰다. 걷다가 적당한 마을에서 아침을 먹고 걷다가 다시 적당한 마을에서 점심을 먹고 오후 1~2시면 알베르게에 도착했다.

우리는 그 '대부분의 순례자'에 속하지 않았다. 우리가 알베르게에 도착하면 다른 순례자들은 이미 빨래를 끝내고 널어놓은 후 여유롭게 휴식을 즐기고 있었다. 오늘도 낯익은 순례자들이 다정한 인사를 남기며 우리 옆을 씽씽 지나갔다. 우린 느리고 그들은 빨랐다. 길 위는 어느새 한적해졌다.

　사람 없는 길을 걷다 보면 외로움이 찾아왔다. 활기가 넘치는 아침 순례 길보다 오후의 순례길은 자주 쓸쓸했다. 자기만의 길은 혼자 걷는 것이라는 것을 제대로 실감하는 순간이었다. 낮잠 자는 코끼리의 거대한 등을 기어가는 개미처럼 막막했다. 아무리 걸어도 등 너머가 보이지 않는다. 이상하다. 오늘은 짧은 길인데 14킬로미터면 어제 걸은 거리의 절반 정도인데 왜 이렇게 힘이 더 들고, 걸음은 왜 더 느려지는 건지.

　며칠 걸어보니까 도착지를 몇 킬로미터 남겨둔 마지막 구간은 매번 똑같이 힘들었다. 저 고개만 넘으면 되겠지 해서 넘으면 또 다른 고개가 버티고 있고, 저 모퉁이 끝에 있겠지 하면 또 다른 길이 이어져 있었다. 자꾸 꺾이고 마는 희망에 적응이 안 됐다. 더 못 걷겠다, 포기하고 싶은 순간을 몇 번을 넘고 나서야 로르까의 호세네 알베르게가 우리에게 환대의 손짓을 했다. 짧다고 좋아했던 로르까도 긴 고통을 견딘 이후에야 우리에게 팔을 벌려 주었다. 가깝든 멀든 마음에 둔 목적지가 있다면, 쉽게 갈 거라고 섣부르게 기대하는 대신 버릴 것은 버리고 힘들 만큼 힘들어하면서 꿋꿋하게 걸어야 도착할 수 있다는 걸 몸으로 배웠다. 그래도 좀 만만한 구간을 선물처럼 만나고 싶은 마음도 늘 품고 있었다.

2부

내 삶도 내가 사는 거야
내 다리로 걸어야 하듯

10

힘
이
넘
치
는

날
도
있
지

태윤이의 힘이 넘치는 날이었다. 아침에 알베르게를 나설 때부터 탱탱볼처럼 통통 튀어갔다. 어제만 해도 새벽마다 세상 시름을 혼자 짊어진 듯 처진 채로 하루를 시작했는데, 오늘은 아주 활기가 넘쳤다. 힘이 회복되고 말도 많아졌다.

"엄마, 풀 소리 들려? 풀들이 막 우는 것 같지 않아?"

"이게 풀 소리라고?"

"그럼, 어디서 나는 소리겠어. 여긴 온통 풀들뿐인데."

"지금이 만약 조선 시대라면 말이야, 선비들이 나처럼 걷다가 시 한 편 지어내지 않았을까?"

"음, 그렇구나!"

들판을 가로지르며 귀를 쫑긋 세우고 있는 태윤이의 얼굴에 웃음이 그득했다. 실없는 농담까지 다 하고. 건성으로 듣는 데도 조잘조잘 쉼이 없었다. 별 감흥 없는 나에게 말을 거는 게 재미가 없어졌는지 길쭉한 다리를 쭉쭉 뻗으며 앞서 걸어 나갔다. 아이의 등이 경쾌했다. 신나는 음악에 몸을 맡긴 댄서처럼 아이는 길 위를 춤추듯 걸었다.

신나게 걷는 아이를 앞세우고 나는 천천히 걸었다. 아닌 게 아니라 여기 순례길에는 온갖 소리가 고요하게 넘쳐흘렀다. 바람 소리인지 풀 소리인지 모를 것들이 배경음악으로 잔잔히 깔려 있었다. 그 소리가 좋아서 이어폰을 꽂지 않고 걸었다. 그럴수록 주변에 더 눈길이 갔다.

길 위에 갈색의 둥그런 것들이 놓여 있었다. 자세히 봤더니 달팽이다. 죽은 껍질인가 싶어 손으로 살짝 건드려봤는데 아주 미세하게 움직이고 있었다. 너희도 너희의 길을 가고 있구나. 하늘 아주 높은 곳에서 우리를 내려다보면 우리도 저 달팽이처럼 보이겠지. 달팽이도 우리도 원하는 방향을 향해 나아가고 있었다. 각자의 길을 우직한 발걸음으로.

"완전 힐링의 길이야."

앞서서 휘적휘적 걷던 태윤이가 나를 돌아보며 큰 소리로 말했다. 살면서 젊은 아이는 저렇게 뛰어가리라. 내 눈에 따라잡히지 않을 만큼… 늙어가는 나는 앞질러 가는 단단한 아이의 등을 기쁜 마음으로 바라볼 것이다. 무슨 일인지 내가 퍽 늙은 느낌이 들었다. 너무나 발랄하게 뛰듯이 앞서가는 아이의 모습과 지쳐서 자꾸 느려지고 있는 내 모습이 대비됐는지. 늙은 엄마의 마음이 되어 속말을 하고 있었다.

태윤이는 에스테야(Estella)라는 이름도 이쁘고 아담한 마을에서 나를 기다리고 있었다. 걸음이 빨라 우리보다 훨씬 앞섰던 눈썹 언니도 에스테야의 교회 앞에서 태윤이와 이야기를 나누고 있었다.

"유우우우운아아아~"
"오구, 우리 엄마 힘들어도 잘 참고 왔네."

어리광 섞인 목소리로 이름을 부르면서 가까이 다가갔더니 나를 귀여운 아이 쳐다보듯 한다. 웃으면서 반겨주는 태윤이를 보니까 언제 지쳤냐 싶게 주변의 아름다운 풍경이 눈에 들어왔다.

"와, 진짜 이쁘다. 이건 교회래? 이름이 뭐야? "

기억을 못 할 정도로 이름이 복잡했던 교회가 어찌나 아름답던지 한참을 앉아 올려다보았다. 하늘이 너무도 파래서 현실적인 장면 같지 않았다. 우리끼리는 사진을 잘 안 찍는 편인데 마침 눈썹 언니가 우리 둘을 세워놓고 사진을 찍어주었다. 사진을 찍고 확인하고 다시 찍으면서 깔깔거리는 동안 미국본토 오빠가 지나갔다. 눈썹 언니와 미국본토 오빠는 어제 호세네 알베르게에서 함께 묵은 사이라 더 반가웠다. 지나가는 사람을 불러 세워서 다 같이 사진을 찍었다.

다시 만난 것이 반가워서 오늘 저녁에는 같은 알베르게에 묵자고 약속했다. 미국본토 오빠는 이미 다른 알베르게를 예약해 둔 상태였지만 같은 알베르게서 맛있는 저녁을 해 먹자고 하니 흔쾌히 그러자고 했다. 좋았어! 태윤이가 조리가 가능한 부엌이 있는 알베르게를 재빨리 알아보았다. 스페인어까지 능숙한 미국본토 오빠가 전화를 걸어 간단하게 예약했다. 언어가 가능하니 모든 일이 쉽게 풀렸다. 각자의 속도대로 걸어서 예약된 알베르게에서 만나기로 했다.

우린 또 신나게 걸었다. 가다가 '이라체 수도원'의 와인 수도꼭지를 만났다. 수도꼭지를 돌리면 와인이 쏟아진다는, 매우 유명한 곳이었다. 다른 곳보다 여기가 제일 궁금했다. 세상에나 와인이 수돗물처럼 나온다니? 너무 이르게 도착하거나 너무 늦으면 안 된다고 해서 조금 서둘렀다.

다행히 우리가 도착했을 때는 와인이 콸콸 흘렀다. 술 좋아하는 친구와 여기 함께 있었으면 정말 좋았겠다. 나무 그늘에 앉아 취할 때까지 마시면 신나겠다는 상상을 하니 입꼬리가 저절로 올라갔다. 와인을 조금 마셨더니 실실 웃음이 새어 나왔다. 옅은 취기가 몸에 은은하게 퍼져서 발걸음을 밀어주었다. 어느새 알베르게에 도착했다. 이번에도 마음에 꼭 들었다.

"윤아, 우린 알베르게 복이 참 많다. 그렇지? 어쩜 이렇게 고르는 알베르게마다 다 좋냐?"
"엄마, 이게 운이라고 생각해? 내가 얼마나 신경 써서 고르는지 모르지?"

엄마를 좋은 알베르게에 묵게 하고 싶어서 부엌이나 침대 같은 내부 시설을 살펴보고 이용자들의 별점까지 체크한 뒤에 알베르게를 선택한단다. 그래서 묵는 알베르게마다 좋았던 거구나. '내가 너무 뭘 모르는 채 태윤이 등 뒤에서 걷기만 했네.'라는 자책이 아주 조금 일었지만 곧 지웠다. 우리 사이에 이런 건 어울리지 않는다. 내 캐릭터대로 걷는 거지 뭐.

온종일 걷고 나면 뜨거운 한국식 국물을 먹고 싶을 때가 정말 많았다. 몸은 더위에 지쳐있어도 알베르게에 들어가서 샤워만 마치고 나면 뜨거운 것으로 몸을 따뜻하게 지지고 싶어졌다.

순례길 준비물로 별다르게 조언해 줄 만한 것은 없는데 마른미역은 권하고 싶다. 무게가 가볍고 스페인 어디서든 쇠고기와 마늘은 흔하게 구할 수가 있으니 쉽게 미역국을 끓일 수 있다. 쇠고기랑 마늘에 소금으로 간만 잘하면 괜찮은 국물 요리가 된다.

우리에게 미역은 없었고, 있는 재료로 가능한 국물 요리를 생각하던 태윤이가 오늘의 저녁 메뉴를 정했다. 태윤이표 수제비다. 반죽은 촉촉하고 보드랍고 찰져야 한다면서, 한참을 공들여 주물럭거리고 토닥토닥 두드리고는 냉장고에 넣어두었다. 어느 정도 숙성될 시간이 필요하단다. 성질이 급해서 저런 '숙성의 시간'은 생략해버리는 나와는 달랐다.

맛이 얼마나 차이 난다고 그냥 뚝뚝 떼 넣으면 되는 거지 뭘 또 숙성씩이나. 마음으로는 불평 많은 자아가 부지런히 떠들고 있었지만 태윤이 기분 상할까 봐 입 밖으로 뱉지는 않았다. 어쩐지 나, 괜찮은 엄마인 거 같았다.

순례길에서는 좋은 엄마가 되어 가고 있다는 느낌을 자주 받았다. 태윤이가 선택할 수 있도록 믿어주고 맡겨주는, 마음에 맞지 않아도 존중해주는 멋진 엄마. 물론 영어도 못 하고 길도 못 찾는 나의 치명적인 한계가 만든 '순례길에서 살아남기 위해 구사하는 전략'이지만 말이다. 또 모를 일이다. 이렇게 급조된 삶의 전략이 내 몸에 새겨질지. 어쩌면 정말로 참 멋진 엄마가 돼서 돌아갈지도 모르지, 기대하게 되는 날들이었다.

한 시간 넘게 기다린 다음에야 눈썹 언니와 미국본토 오빠랑 함께 수제비 반죽을 뗐다. 감자와 파로 국물을 내고 떼 놓은 반죽을 넣어 끓였더니 근사한 수제비가 되었다. 토마토 소스로 리조또까지 만드니 그럴듯한 상차림이 되었다. 수제비 국물은 개운하면서도 칼칼하고 반죽은 쫀득거렸다. 속이 확 풀렸다. 잘 걷고 잘 먹으면서 자기 몸을 돌보는 것보다 중요한 일이 어디 있을까? 이 맛에 우린 걷고 있었다.

11 섹시한 스페인 할머니처럼 달리는 거야

언덕길을 힘겹게 올라가고 있었다. 순례길을 걷는 동안 덥지 않은 날이 없었지만 유난히 뜨거웠던 날이었다. 바람기 없는 바싹 마른 더위 속을 몇 시간째 홀로 걸었다. 내 속도대로 걷다 보니 다른 사람과 같이 걷는 일이 거의 없었다. 태윤이와도 늘 간격을 두고 걸었다. 각자의 속도, 각자의 걸음만큼 걷자는 게 우리의 암묵적인 약속이었다.

오르막길을 걸어 올라가는 일은 매번 도전이었다. 오랜 세월 걷기에 단련되었는데도 오르막은 어려웠다. 숨도 찼다. 평지는 몇 시간도 걸을 수 있는데 작은 언덕길에서는 숨을 몰아쉬느라 자주 멈추었다. 길은 감탄할 만큼 아름다움을 뽐내고 있었지만, 모든 것이 무심히 지나쳐갈 뿐이었다.

헉헉대며 올라가고 쉬고를 반복하고 있는데 위쪽에서 날렵한 몸 하나가 경쾌하게 뛰어 내려오는 게 보였다. 민소매 셔츠에 핫팬츠를 입었다. 선글라스를 꼈고, 오일을 바른 듯 온몸이 반들반들했다. 땀으로 흠뻑 젖어있는 몸으로 숨을 훅훅 몰아쉬며 가볍게 뛰어 내려오는 경쾌함이 음악처럼 주변으로 퍼져나갔다. 정말 멋진 여성의 몸, 강해 보이는 몸이었다. 그녀가 달리면서 온몸으로 뿜어내는 에너지는 삶을 감탄하며 살아가는 사람의 아우라 그 자체였다. 그 모습에 홀려 올라가는 것도 잊고 넋을 놓고 바라보았다. 그녀가 어느새 내 곁까지 바짝 내려왔다.

"올라!"
"올라!"

위만 바라보고 있는 내가 힘들어 보였나? 응원해주고 싶었나? 움직임을 멈추지 않으려고 제자리 뛰기를 하며 그녀가 내 손을 꼭 잡고 인사를 건넸다.

"부엔 까미노!"

내 손을 잡은 손이 따뜻하고 건네준 말이 고와서 고개를 들어 눈인사했다. 나를 향해 경쾌하게 뛰어 내려온 얼굴은, 어머나! 주름이 자글자글했다. 할머니다. 아니 이렇게나 섹시한 몸의 주인이 할머니였다니. 충격이었다. 이런 반전이 있나, 나는 완전히 꽂혀버렸다. 그리고 그 순간 다짐이라는 걸 해버렸다.
'저 할머니처럼 달려야겠어. 나이가 더 들어서도 저렇게 탄탄한 몸으로 경쾌하게 뛸 수 있는 할머니가 돼야겠어. 아주 섹시하게 나이 들어갈 거야.' 생기 넘치는 스페인 할머니를 닮은 내 모습을 상상하는 것만으로도 심장이 뜨거워졌다.

살이 탈까 봐 더워도 꿋꿋하게 입고 있던 바람막이 점퍼부터 당장 벗어 던졌다. 그것만으로도 해방감을 느꼈다. 허리를 쫙 펴고 다리를 쭉쭉 내디 뎠다. 비록 지금 체력이 떨어져 뛸 수는 없지만 씩씩하게 걷는 것은 할 수 있지, 살이 타도 괜찮아, 태양을 온몸으로 받으면서 걸었다. 순례길의 아 름다운 풍경도 다시 눈에 들어오기 시작했다. 허리를 세우고 어깨를 쫙 펴 고 걷자 몸속 에너지가 가열되는 것 같았다. 에너지가 넘치니까 다시 눈 속 에 하트가 그려졌다.

"와, 정말 하늘이 맑구나!"
"어쩜 이렇게 이쁜 길이 있을까?"

지루하게 흘러가던 것들이 다시 내 옆에 와서 반짝였다. 감탄하며 혼잣 말을 했다. 혼잣말이라도 내가 들어야 하니까 크게 말했다. 내 말에 다시 기운을 냈다. 그렇게 걸은 몇 시간 만에 내 몸엔 새까만 그림이 그려졌다. 민소매 셔츠와 반바지로 가려진 부분과 무릎 보호대를 찼던 부분만 빼고 온통 새까맣게 탔다. 스페인의 햇볕이 얼마나 강렬했던지 몇 달이 지나서 도 지워지지 않았을 정도였다. 덕분에 나의 맨몸을 볼 때마다 그때의 나와 그녀가 떠올라 그날처럼 심장이 뛰었다.

산티아고 순례길을 다녀온 후 오래도록 그리움에 시달렸다. 몸은 한국 으로 돌아왔는데 마음은 산티아고 순례길에 남아있었다. 사랑하는 사람 을 두고 온 기분이라고 할까? 푸른 하늘에도 불어오는 가을바람에도 순례 길의 냄새가 배어 있었다. 지금쯤이면 배낭 꾸리고 있겠다, 지금은 바에서 크루아상과 카페 콘 레체를 마시고 있겠네, 오늘은 순례하기 딱 좋은 날이

구나. 이렇게 중얼거리고 있는 날이 잦았다. 다시 강의로 분주해지고 책을 읽고 여기 있는 것들에 집중하면서 지내는 데 순례길에 두고 온 마음이 쉽게 돌아오지 않았다.

한국에서 보내는 일상이 시들하게 느껴지려는 순간, 달리던 섹시한 할머니가 제일 먼저 생각났다. '달려볼까? 내게는 즐겁게 보내야 할 일상이 순례길보다 더 길게 펼쳐져 있으니까. 힘차게 달리는 거야.' 마음에 들어오는 일이 있으면 망설이지 않고 바로 실행해 보는 것, 닮고 싶은 사람이 있으면 흉내라도 내보려고 당장 노력해 보는 것은 내가 가진 삶의 태도이기도 하다.

달려보니 심장이 적당히 아프면서 배 속 내장까지 흔들거리고, 온몸이 시원했다. 내친김에 마라톤 대회에도 나가봤다. 10킬로미터에 도전했다. 2시간 30분이나 걸렸지만 끝까지 달리는 데 성공했다. 비록 속도는 느렸어도, 한순간도 멈추거나 걷지 않고 뛰었다는 것이 정말 자랑스러웠다. 그 뒤로 달리기가 내 일상의 루틴으로 들어왔다. 새벽마다 스페인의 섹시한 할머니처럼 달리면서 산티아고 순례길에 대한 그리움을 달랬다. 이대로 날마다 달리면 할머니 러너처럼 될 거라고 혼자 흐뭇해하면서 말이다.

산티아고 순례길에서 스치듯 만난 섹시한 할머니가 내게 심어 준 꿈은 노년이 되어서도 활기차고 탄탄한 몸으로 달리듯 저돌적인 삶을 살겠다는 거였다. 할머니가 되어서도 달리고 새로운 꿈을 꾸고 이루면서 살겠다. 늙은 몸에 대한 고정된 이미지 안에 갇히지 않는 나다운 할머니의 모습을 내 몸으로 보여주겠어. 다시 산티아고 순례길을 달리러 가려면 지금부터 짱짱하게 몸 관리를 해야겠다 싶어서 근육 운동도 열심히 하고 있다.

우
리
는

조
금
씩

더

나
아
지
고

있
어

손가락으로 찌르면 파란 물이 뚝뚝 떨어질 것 같다는 진부한 표현이 자동으로 쏟아지는 하늘을 머리에 이고, 어디에 눈을 두어도 누런 밀밭과 퍼런 포도밭이 끝없이 이어지는 길을 묵묵히 걸었다. 걷고 또 걸어도 같은 풍경이 이어졌다. 막막한 장면이었다. 이런 땡볕을 등에 진 것은 대학교 때 여름 농활에 가서 8월 뙤약볕 담배밭에 질려버린 뒤로 처음이었다. 가방 옆구리에 찔러 둔 물은 커피를 타 먹어도 될 만큼 데워져 있고 아무리 둘러보아도 앉아 쉴 만한 그늘 한 점 없었다. 우리가 순례를 왔구나, 제대로 실감 나는 날이었다. 한참을 걸어야, 한 사람을 겨우 가려줄 그늘이 나왔다. 그마저 다른 순례자가 앉아 있으면 그냥 지나갈 수밖에 없다. 달팽이들도 들풀 가지에 옹기종기 매달려 쉬고 있었다.

"살아오는 동안에 나는 사람들이 자기 스스로의 신이 되어야 하고 스스로 행운을 만들어내야 한다는 것을 알게 되었다."

– 《야생화》, 옥타비아 버틀러

"자아라는 것 역시 만들어지는 것, 당신의 삶이 만들어내는 작품이자, 모든 이로 하여금 예술가가 되게 하는 어떤 작업이다. 늘 무언가 되어 가는 이 끝없는 과정은 당신이 종말을 맞이할 때 비로소 끝나며, 심지어 그 후에도 그 과정의 결과는 계속 살아남는다. 우리는 스스로를 만들어가고 그 과정에서 우리는 자아라는 작은 우주와 그 자아가 반향을 일으키는 더 큰 세계의 작은 신이 된다."

– 《멀고도 가까운》, 리베카 솔닛

나는 늘 강해지고 싶었다. 강철만큼 강하다는 표현이 정말 좋았다. 강함을 내 몸에 입히고 싶었다. 약한 자아가 강해지고 위축되어 있던 사람이 성장해가고 작은 세계에 머무르던 사람이 큰 가능성의 세계로 확장되어 나가는 이야기를 사랑한다. 그런 성장과 변화의 이야기를 내 삶에서부터 만들어내고 싶은 열망이 나를 뜨겁게 했다.

오스트레일리아의 원주민인 '참부족'들은 태어난 날을 생일로 축하하는 대신 조금이라도 나아진 자신을 발견했을 때 축하해 준다고 한다.● 어제의 자신보다 오늘 더 나은 존재가 되었다면, 자신의 의지로 자기 삶의 내용을 새롭게 만들었다면, 모두에게 축하해 달라고 요청한다는 것이다. 그러면 부족의 모든 친구들이 몰려와 열정적인 축하의 의례를 열어준다.

● 《무탄트 메시지》 말로 모건, 류시화 역, 정신세계사, 2003

더 나아지는 순간을 축하해 준다면 우리는 지금 당장 축하를 받아도 되겠다 싶을 만큼 잘 걷고 있다고 생각하는 찰나, 마침 다른 나라에서 온 낯모르는 친구들이 "부엔 까미노!" 인사를 건네주었다. 순례자 친구들이 다정하게 부려놓고 간 축복의 인사를 지팡이 삼아 걸었다.

"어디서 왔어요?"
"한국이요. 당신은요?"
"저는 대만에서요."
"혼자 오셨어요?"
"네."

지나가던 대만 여인이 참부족의 친구처럼 말을 건넸다. 어지간하면 나랑 속도를 맞추기 어려운데, 이 여인이 나를 위해 걸음을 늦추었다. 뒷모습이 지쳐 보였나? 힘들지 않은지 내 표정을 살피는 눈매가 다정했다. 내 또래로 보였다. 짧은 머리에 까맣게 탄 피부가 건강함을 발산했다. 발걸음이 얼마나 날랜지 저 친구를 다시 만날 일은 없겠다 싶었다.

"저는 딸이랑 왔어요. 저 앞에 걸어가고 있는 애가 내 딸이에요."
"아, 같은 가방 메고 가는 친구. 본 적 있어요."
"응, 맞아요. 내 딸이에요."
"아 그렇군요. 부럽네요."
"그럼 먼저 갈게요! 부엔 까미노."
"네, 부엔 까미노."

'저 앞에 걸어가고 있는 애가 내 딸이에요.'라고 말하는데 숨길 수 없는 자랑스러움이 뚝뚝 묻어났다. 그녀가 마치 참부족의 여인인 듯 태윤이와 내가 순례길을 이렇게 씩씩하게 걷고 있음을 자랑하고 축하받고 싶은 마음이 풍선처럼 둥실거렸다.

나의 이 마음을 아는지 모르는지 대만 여인은 가볍게 손을 흔들며 떠나가 버렸다. 바람과 같이 스쳐 지나간 그녀 뒤를 느리게 걸으면서 나에게만 작게 말해주었다. 우리는 나아지고 있고 조금씩 단단해지고 있으니 축하받을 자격이 충분하다고.

13 　　옥탑방에 누워 있던 스물셋의 나와 같이 걷다

알베르게에 도착해서 늘어져 있었다. 젊은 한국 여성이 홀연히 나타났다. 이야기를 나눠보니 세상에 하루에 35킬로미터씩 걸어온 엄청난 체력의 소유자였다. 나 혼자 '체육소녀'라는 별명을 지어 주었다. 다음날 우리는 소박하게 20킬로미터를 걸을 계획이었다. 그런데 체육소녀가 매일 35킬로미터를 걸어왔다는 말을 들으니 그럼 우리도 한 번 시도해 볼까? 하는 마음이 생겼다.

"좋아. 그럼 내일 새벽 5시에 같이 출발할까? 우리도 30킬로미터를 걸어보자고."

그럴 필요 있느냐고, 우리는 좀 천천히 즐기면서 걷는 게 어떠냐고 어깃장을 놓는 태윤이를 얼러서 새벽 5시에 길을 나섰다.

새벽은 무용해 보이는 것들이 새롭게 보이는 시간이다. 찬 공기, 풀들이 내는 소리, 흙들이 구르는 소리, 나뭇가지가 툭 부러져 떨어지는 소리에 내 몸의 세포가 일제히 잠에서 깨어나는 기분이었다. 산 가까이 있는 하늘부터 주황빛이 서서히 차오르고 검은 하늘이 조금씩 사라져가는 시간에 어둠을 밀어내며 걷다 보면 내가 아주 멋진 일을 하고 있다는 자부심이 차올랐다. 밤의 시간에 머무르고 있는 세상과 달리 가고 싶은 곳을 향해 걸어가고 있는 나는 생의 중요한 비밀을 엿본 것만 같았다. 새벽에 나서는 길은 이렇게 뿌듯했다.

1호 16세 태윤
2호 24세 체육소녀
3호 36세 눈썹 언니
4호 46세 나

오늘의 길동무들과 숙소 앞에서 기념사진을 찍고 새벽길을 나섰다. 친절한 화살표도 새벽의 순례길에서는 잘 보이지 않았다. 마을에서 나가는 길을 찾느라 헤맸는데 두렵지는 않았다. 길을 잃어버리더라도 친구들과 같이 걷고 있으니 걱정될 게 없었다. 산길이 좁아 둘씩 짝을 지었다. 태윤이와 눈썹 언니가 나란히 걷고 나는 체육소녀와 발을 맞추었다. 체육소녀는 걸음이 빠른 편이어서 정말 뛰듯이 걸어야 했다. 어쩐 일인지 리듬이 맞긴 맞았다. 뒤처지면 길을 잃을까 봐 기를 쓰고 걸은 덕분이었지만 말이다.

체육소녀는 매일 35킬로미터를 걸으면서도 저녁만 되면 이렇게 편해도 되나 싶어 불안하다는 대학 졸업반이었다. 한국에서의 치열한 생활에 비하면 지금 산티아고의 길이 너무 편하다는 그녀가 나는 너무도 이해가 갔다. 최선을 다하고 있지만 늘 불안해서 안타까운 그녀는 곧 내 모습이기도 했다. 옥탑방에 누워있던 스물셋의 나를 길 위로 데려와 이야기를 나누는 기분에 사로잡혔다.

스물셋의 나는 옥탑방의 낮은 천장을 보며 자주 누워있었다. 가끔 막막했다. 방바닥에서 단단한 두 팔이 올라와 나를 안아주는 상상을 했었다. 넉넉한 형편은 아니었지만 공부하는 딸을 자랑스러워했던 아버지는 대학원 마지막 학기까지 매달 정확한 날짜에 생활비를 보내주셨다. 친구들에게 진 빚을 갚고 책 몇 권 사면 다음 달까지 궁핍하게 지내야 했지만, 그 돈은 내게 큰 힘이었다. 도서관에 늦게까지 남아 책을 읽고 글을 쓰고 나의 방으로 돌아오는 밤은 내게 뿌듯한 성취감을 선물했다. 내가 꿈꾸는 미래를 곧 맞이할 수 있으리라는 기대에 부풀기도 했다.

대학원 마지막 학기를 끝내자 아버지는 약속대로 생활비 지원을 딱 끊으셨다. 아이들 글쓰기를 가르치는 아르바이트를 하면서 공부를 했다. 공부하는 시간이 줄자 자신감도 반으로 꺾였다. 논문을 쓰려면 읽을 책도 많은데 토막 난 시간으로 이어가려니 엄두가 나지 않았다. 공부만 하는 다른 친구들보다 뒤처지는 느낌에 불안해졌다. 마음이 쪼그라들었다. 기대만큼 잘 안 풀리는 논문, 줄어들지 않는 읽어야 할 책 목록, 읽어도 잘 이해되지 않는 문장, 아랑곳없이 쏟아지는 잠, 다 놓고 싶은 절망감을 이불처럼 덮고 누워버렸다.

천장만 올려다봤다. 얼룩진 천장의 벽지처럼 내 미래가 남루해 보였다. 열심히 해도 따라잡을 수 없을 것 같았고 진짜 내가 원하는 삶을 살지 못할 것 같았다. 나 자신으로 존재하고 나 자신으로 인정받을 수 있는 공간 안으로 들어가는 문이 닫혀 있었다. 불안과 절망이 그려져 있는 옥탑방을 영원히 빠져나올 수 없을 것만 같았다. 문을 열고 걸어 나올 힘이 없었다. 스물셋의 내가 누워있던 옥탑방은 내 존재의 한계였다.

치열하게 걸을수록 불안해진다는 체육소녀 곁에서, 불안을 베고 누워있던 스물셋의 내가 옥탑방의 문을 열고 나와 함께 걸었다. 그 곁에서 이제는 어른이 되어 순례길을 걷고 있는 마흔여섯의 내가 말을 건네고 있었다.

"보고 있니? 네가 만날 수 없을 것 같은 미래를 지금 너는 살아내고 있어. 그러니까 조금만 힘을 내서 옥탑방 문을 열어볼래? 한 걸음만 내디뎌봐. 곧 반짝반짝 빛나는 네 삶을 만나게 될 거야. 자기 안에 힘이 있다는 걸 믿어볼래? 꺼내서 써 주기를 기다리는 에너지가 너한테 있어. 옥탑방이 아닌 끝없이 길게 뻗어 있는 길이 너를 기다리고 있어. 봐, 넌 걷고 있어."

스물셋의 나에게, 그때의 나와 닮은 그녀에게 마음속으로 응원의 말을 전해주면서 또각또각 박자를 맞추며 걸었다. 요청하지 않은 조언은 불필요한 말이 되기도 하니까, 어른의 말은 곧잘 잔소리처럼 전해지기도 하니까. 그저 고개를 끄덕이며 들어주는 일이 내가 그녀에게 할 수 있는 최선의 격려라고 생각해서 말을 아꼈다.

체육소녀의 모든 시간이 길 위로 쏟아져 나왔다. 홀로 계시는 엄마를 결혼한 언니들 대신 막내인 체육소녀가 보살피고 있다는 이야기, 온갖 아르바이트를 해가며 대학 생활을 했다는 이야기, 국토대장정을 다녀왔다는 이야기, 열심히 해도 자꾸 위축된다는 이야기, 불안함에 자꾸 지게 된다는 이야기, 그럼에도 불구하고 지금 여기서 치열하게 걷고 있는 그녀의 당찬 이야기는 로그로뇨(Logrono)에 들어갈 때까지 이어졌다.

아르바이트로 모은 경비가 빠듯해서 최대한 빨리 걸어야 한다는 그녀,

한순간도 허투루 허비하고 싶지 않아서 최선을 다해 걷고 있다는 그녀는 매일의 순례가 끝나면 그날 걸어온 길에 대한 단상을 곡으로 만들어 둔다고 했다. 내가 산티아고 순례기를 쓴다면 딱 어울리는 음악을 만들어서 같이 세상에 내보내자는 말로 지친 그녀의 어깨를 안아줬다.

길 위가 아니라면 우리가 이렇게 만나 이야기 나눌 수 있었을까? 20대의 나를 다시 만나고 위로하고 위로받는 경험을 할 수 있었을까? 낯선 사람과의 깊은 이야기에서 만나는 것은 결국 자기 자신의 이야기이다. 길이라는 마법의 공간에 선 우리의 온몸에 기쁨이 흘러넘친다. 그 기운 덕분이었을까. 로그로뇨를 거쳐 우리의 목적지까지 30킬로미터를 가뿐하게 걸었다.

나바레떼(Navarette)의 알베르게, 같은 방에서 하룻밤을 보냈다. 다음날도 그녀는 새벽의 어둠을 뚫고 누구보다 일찍 순례를 시작했다. 그날 이후 길에서 다시는 볼 수 없었지만, 산티아고 대성당에서 다시 만났다. 내가 만나 본 여성 중 최고의 체력을 가진 소녀였다.

길은 가능성의 공간이고, 걸어간다면 길의 끝에서 잘 자란 자신을 만나게 된다는 것을 그 시절의 나도 이제는 알게 되었을 것이다.

14

마음의 표지판이 쉬어야 할 때를 가리킨다면

나헤라(Najera)로 향해 가는 길, 많이 추웠다. 어제 30킬로미터를 걸었던 여파로 태윤이 발에 물집이 잡혔다. 마음에도 물집이 잡혔는지 힘들어했다. 왠지 걷기가 흥겹지 않았다. 여러 순례자들과 시끌벅적한 저녁을 보내고 헤어진 뒤 다시 우리끼리만 걷다 보니 외롭고 쓸쓸했다. 두둑했던 주머니가 납작해진 느낌. 하필 길까지 별로였다. 울퉁불퉁한 시골길에다 너무 자수 지나가는 트랙터 때문에 흙먼지가 자욱했다.

쉬어야 할 때라는 신호가 자꾸 왔다. 걸어야 할 때가 있다면 쉬어야 할 때도 있다. 그걸 잘 알아차리는 것도 자기를 보살피는 중요한 과정이다. 잘 걷는 것보다 어쩌면 마음이 보내오는 이 'STOP' 신호를 잘 따라야 한다. 무시하면 언제든 티가 난다.

순례 9일 차, 좀 쉬었다 가자. 혼자만의 방이 절실하게 필요했다. 다른 사람들의 기척이 없는 곳, 나의 뒤척임을 조심하지 않아도 되는 곳, 욕실에 안심하고 오래 있어도 되는 곳.

태윤이가 나헤라의 작은 아파트를 찾았다. 방 3개, 스페인 현지 스타일이 제대로 살아있는 평범한 아파트에 값은 60유로. 방당 20유로면 그다지 비싸지 않은 가격이지만 평소 10유로 내외의 숙박비를 들이던 우리로선 대단한 사치처럼 느껴졌다. 잠깐 보류하자고 했다. 우리끼리 쓰기에는 비싸니까 조금 더 싼 호스텔로 알아볼까, 라고 하자 태윤이가 입을 삐죽였다.

저렴한 호텔을 알아보며 천천히 걷는 태윤이를 두고 앞서 걸었다. 성큼성큼 크게 걷다 보니 내 앞에서 걷던 한 커플을 따라잡게 되었다. 얼굴을 보니 너무 반가웠다. 팜플로나의 카페와 로르카 식당에서도 만난 적이 있었다. 얘기를 나눈 사이까지는 아니지만 서로의 얼굴 정도는 정확하게 기억하고 있었다. 그들은 연인, 우린 모녀 커플. 누군가와 같이 걷고 있다는 공통점이 있다. 순간, 이들과 아파트에 같이 묵으면 정말 좋겠다는 생각이 번개보다 빨리 지나갔다.

"어머, 반가워라. 어디까지 가세요?"

"나헤라까지 가려고요. 거기에 공립 알베르게로 들어갈까 생각 중이에요."

"우리도 나헤라까지 갈 건데, 정말 반가워요. 우리는 좀 편하게 쉬고 싶어서 아파트를 하나 구했는데 우리만 쓰기에는 너무 넓네요. 오늘 같이 묵지 않을래요?"

커플은 나의 제안을 흔쾌히 받아들였다. 뒤따라오던 태윤이가 보이기 시작했다. 아파트를 나눠 쓸 이들을 찾았다는 신나는 소식을 어서 전하고 싶어 크게 소리쳐서 불렀다. 들었는지 못 들었는지, 천천히 걸어 내 앞에 온 태윤이한테 함께 묵을 친구들 이야기를 했다. 듣더니 폴짝폴짝 뛰며 좋아했다. 그리하여 우리 넷은 1인당 15유로씩 내고 이 평화롭고 아름다운 아파트에 입성했다.

한국에서 나는 밥하는 시간이 아까워서 대충 끼니를 때우는 사람이었다. 아이들에게도 하나 이상의 반찬을 해주지 않던 엄마였다. 부엌에서 보내는 시간을 소중하게 여긴 적이 별로 없었다. 그런데 순례길에서는 내 곁에 잠시 머물러 있는 누구에게라도 아주 잘 차려 먹이고 싶은 마음이 종종 들었다. 특히 한국 청년들을 만나면 바로 그들의 엄마로 빙의돼 뭐라도 해먹이고 싶어 안달이 났다. 험난한 길 마다치 않고 씩씩하게 걷고 있는 그들이 너무 예뻐서 내식대로 응원해주고 싶은 마음이었다.

이날도 마찬가지. 커플은 부엌에 나오지 못하게 하고 혼자서 뚝딱뚝딱 음식을 만들었다. 맛있게 먹어 줄 그들을 상상하니 즐거웠다. 삼겹살을 굽고 상추쌈을 준비했다. 마침 쌈장이 있어 다행이었다. 쌀밥을 하고 뜨끈하게 감잣국도 끓였다. 감자 두 개 숭덩숭덩 썰어 넣고 달걀 풀어 끓였을 뿐인데도 맛이 있었다. 올리브유와 식초, 소금을 뿌린 스페인식 샐러드를 더하니 근사한 한 상이 됐다. 뜨끈한 국물 요리에 삼겹살, 쌈까지. 모두의 얼굴이 환해졌다. 이런 맛에 음식을 하는 거지, 으쓱해진 어깨가 내려올 줄 몰랐다. 내 안에 이런 마음이 있다는 걸 발견하는 순간들, 본래 나의 캐릭터가 흔들리고 새로운 나를 만나는 일. 여행의 힘이리라.

맛있는 저녁을 나눠 먹고 각자 혼자만의 시간을 보냈다. 커플에게는 킹 사이즈 침대가 있는 방을 주고 태윤이와 나는 각자 싱글 침대가 놓인 방을 하나씩 차지했다. 문 닫고 각자의 방에서 뒹굴뒹굴하기로 했다. 나만의 침대에 누워 마음껏 뒤척이며 자다 깨다 했다. 불을 끄지 않은 채 잠이 오면 잤고, 깨어있을 땐 무언가를 읽었다. 누구의 눈치도 보지 않아도 되는 시간이 달콤하게 흘러갔다.

15

사랑한다는 것은 더 나은 존재가 되어주는 거야

일부러 늦잠을 자고 밥까지 든든하게 먹고 나왔다. 안락한 공간에서 세상 편한 자세로 뒹굴뒹굴하고 나왔더니 온몸이 깃털처럼 가벼웠다. 태윤이 발에 생긴 물집도 하루 만에 괜찮아졌다. 어려서 그런지 아물기도 금방 아물었다.

오늘 걷는 라 리오하(La Rioja) 지역은 와인으로 유명하다더니 역시 포도밭 천지였다. 포도나무의 키가 아주 작았다. 8월인데도 포도알이 어리다. 우리나라보다 수확이 늦나 싶었다. 기온이 우리나라 여름 기온보다 낮으니까 당연한 거겠지.

매일 내 마음 곁에 누군가를 초대해 이야기를 나누며 걷는다. 초록빛 천지인 포도밭 사잇길은 남편의 손을 잡고 걸었다. 함께 왔으면 가장 좋았을 사람이다. 어제 예쁜 커플이랑 '잘 사랑하는 일'에 대한 이야기를 나눴더니 자연스럽게 나의 사랑이 떠올랐다. 내가 정의하는 '잘 사랑하기'는 서로에게 날마다 더 나은 존재가 되어 주는 것이다. 내 곁의 사람을 위해 내가 날마다 조금씩 괜찮은 사람으로 성장해가는 것이 '잘 사랑하기'의 과정이라고 생각한다. 그러니 1년을 만나도 20년을 살아도, 사랑은 퇴색해가는 게 아니라 조금씩 살이 통통하게 붙어가는 거다.

순례길에서 만나는 사람들은 "남편 혼자 두고 오면 걱정되지 않냐?"부터 "남편이 허락을 해주더냐?"와 같은 질문들을 자주 던졌다.

결혼한 여성이 남편 없이 혼자 떠나 온 여행길이 낯선 사회라는 것이 쓸쓸했다. 시대가 변해도 사람들의 의식 변화는 더디다는 것을 이런 데서 확인했다. 남편에게 종속된 존재로서가 아니라 개별 주체로서 존중받는 일이 이토록 어렵다니. 혼자 여행을 떠날 수 있다는 것은 개별적인 삶이 역동적이란 의미고, 개인으로서의 성장이 중요하다는 표현이다. 그래서 결혼한 여성들이 혼자 여행을 떠나는 일에는 더 큰 의미가 포함된다. 관광 이상을 넘어 자기 삶을 확장하고 싶다는 구체적인 의지의 표현이 될 수 있어서다.

우리가 걸어가 본 구체적인 거리가 곧 우리 삶의 반경이 된다. 많이 걸을수록, 힘차게 다닐수록, 넓게 움직일수록, 우리 삶이 넓어지고 깊어진다면 이보다 더 좋은 일이 어디 있을까. 남편 두고 혼자 떠나는 여성이 더 많아졌으면 좋겠다. 남편과 아이들 옆자리라는 세계를 벗어나 자기 삶의 가능성을 크게 넓혀가는 적극적인 움직임으로서의 여행이 일상적으로 이루어지길 바란다.

내가 순례길로 떠나올 때 남편은 마음의 순례를 함께 시작했다. 그는 결혼한 뒤 처음으로 장기간 떨어져 있는 기간 동안 그리움을 온전히 느껴보겠다고 했다. 남편 말처럼 그리움이라는 것도 이를 느낄만한 물리적 공간이 필요할 것이다. 그렇게 깊숙한 곳에서 길어 올린 마음을 경험할 수 있는 시간, 귀한 시간이다.

'혼자 떠나는 여행의 의미'에 대해 길게 이야기하고 싶지만 내게 질문을 던져오는 중년의 한국 남성들에게 나는 그저 남편의 '그리움론'을 전해주었다. 그럼 다들 피식 웃고 말았다. 어떤 의미의 웃음인지 알기에 나도 그냥 웃어넘겼다.

이 시간을 충만하게 보내고 나면 우리는 훨씬 더 나은 조각이 되어 서로의 존재를 채워줄 것이라는 믿음. 이런 생각을 하면서 남편의 손을 잡고 포도밭 사이를 휘적휘적 걸었다.

16

길
위
에
서

단
단
해
지
다

콧노래 흥얼거리며 발걸음 가볍게 날아가듯 걷는 아침. 이런 정도의 컨디션이면 쉬지 않고 세 시간도 걸을 만하다. 잠깐 걸었다 싶었는데 어느새 어느 마을 입구가 보이기 시작했다. 마을 이름은 그라뇽(Granon). 아름다운 음악이 흘러나오고 벽에는 순례자의 모습이 귀엽게 그려져 있는 풍경과 마을 입구에 들어서자마자 나타난 푸드트럭이 우리를 초대하는 것 같았다.

테이블마다 늦은 아침을 먹기 위해 앉아 있는 순례자들로 가득했다. 여기저기서 우리를 향해 손을 흔들어주는 순례자들이 모두 친구처럼 다정했다. 푸드트럭 주변 풍경이 너무 예뻐서 자리를 잡고 앉았다. 태윤이는 따뜻한 코코아, 난 얼음 동동 띄운 레모네이드 한 잔 시켜놓고 흘러나오는 선율에 푹 빠져 발을 까딱거렸다. 얼음을 오독오독 씹으며 황홀한 아침의 풍경에 빠진 나는 취한 듯 이런 말을 하고야 말았다.

"산티아고 순례길에 적응한 거 같아. 이 길이 정말 익숙하고 쉬워진 느낌이야."

아, 이 말만은 하지 말았어야 했다. 며칠 전 겸손히 걸어야겠다 다짐했으면서 또 건방져졌다. 아니나 다를까. 레모네이드를 마시고 일어선 뒤부터 길은 나에게 시비를 걸어왔다. 걷기에 딱 좋았던 흐린 하늘이 사라지고 어느새 해만 하늘 한가운데 버티고 서서 쨍하게 볕을 쏘았다. 머리통이 금방 뜨거워졌다. 평평해서 좋았던 길도 어느새 자갈이 마구 굴러다니는, 진정 순례길다운 험한 길로 바뀌어버렸다.

그럼 그렇지, 까미노가 호락호락할 리가 없지. 걸음은 한없이 느려지고 해가 우리를 타 넘고 앞지르기 시작했다. 해를 등에 지고 걸어야 그나마 덜 힘들다. 햇빛을 얼굴로 받으면 훨씬 금방 지친다. 해보다 더 빨리 걸으려고 발걸음을 재촉했더니 몸에 힘이 쑥 빠졌다. 길 오른쪽으로 큰 도로가 계속 이어졌다. 쉬지 않고 지나가는 덤프트럭의 거대한 소리에 움찔거렸다. 순례길이 고즈넉한 길만이 아니라는 것은 알고 있었지만 오늘은 좀 심했다. 자갈밭과 지열, 차량 소음, 가도 가도 나타날 기미가 없는 마을… 아침에 했던 건방진 말을 반성하면서 걸었다.

대체 이 길의 끝은 어디일까? 덤프트럭이 지날 때마다 몸이 잔뜩 움츠려졌다. 앞서간 태윤이는 보이지 않고 지루한 길만 계속 등짝을 보여줄 뿐이었다. 한참 걷는 데 외국인 아저씨가 말을 걸었다. 잘 알아듣지는 못했지만 "힘을 내라. 곧 도착이다. 1킬로미터만 가면 된다." 이런 말인 듯했다. 참 친절하구나. 군이 내게 알려줘서 힘을 주는 섬세함이라니. 알고 보니 앞서 걷던 태윤이가 부탁해 둔 것이었다. 과연 조금 더 걷다 보니 나를 기다리는 태윤이가 보였다. 입이 삐쭉 나오면서 투정이란 게 하고 싶어졌다.

"벨로라도 정말 벨로야."
"오구구구, 우리 항이 지쳤구나. 조금만 참아. 진짜 다 왔어."
"벨로라도는 정말 별로라니까, 아주 끝이 없어."
"조금만 더 가면 쉴 수 있어. 좀만 힘내자."

벨로라도(Belorado) 입구에 좋아 보이는 알베르게가 있었다. 여기서 묵으면 딱 좋겠다 싶었는데 태윤이가 힘들어하는 나를 어르고 달랜다.

"엄마, 5분만 더 가면 좋은 알베르게가 있어. 거기로 가자, 조금만 참자."
"나 힘들다구⋯."

힘들다고 말해놓고 태윤이가 가자 하니 어쩔 수 없이 남은 힘을 짜내며 또 걸었다. 알베르게에 겨우 도착했는데 더 좋은 곳이라더니 아니었다. 무척 허름했다. 아니, 이제까지 거쳐 온 알베르게 중 최악이었다.

"엄마, 마음에 안 들면 딴 데로 갈까?"
"아까 봤던 데가 더 좋아 보여."
"그럼, 거기로 가자."

태윤이가 알베르게에 양해를 구하고 짐을 챙겨 다시 나서려는 걸 보니 또 맘이 짠해졌다. 하룻밤 묵어가면 그만인 거 그게 뭐 대수라고. 또 애를 힘들게 한다, 급 반성 모드. 그냥 여기 묵자고 주저앉았다.

알고 보니 며칠 전에 같은 알베르게에 묵으면서 친해진 군청 아저씨가 먼저 도착해서 닭 두 마리를 삶는 중이었다. 태윤이한테 백숙을 꼭 먹이고 싶어서 조리가 가능한 부엌이 있는 이 알베르게에 함께 묵자고 했단다. 장 보고, 마늘을 다듬고 허름한 부엌 구석에서 불안하게 흔들리는 가스 불에 솥을 걸어두고 닭이 익기를 기다리고 있는 모습을 보니 고맙고 미안한 마음이 들었다.

"윤아, 군청 아저씨가 닭 삶아두고 있다고 미리 얘기하지 그랬어? 딴 알베르게 갔으면 어쩔 뻔했냐?"
"그럼, 샤워한 뒤에 산책 삼아 밥 먹으러 여기로 오자고 할 참이었지."

나와는 다르게 태윤이는 언니, 이모, 삼촌, 아저씨들과 폭넓은 관계를 맺고 꾸준히 소통하고 있었다. 난 만나고 헤어지면 그만인 사람인데 태윤이는 한 번 맺어진 관계를 이어가고 있었다. 어른스러운 아이. 태윤이와 그의 친구 군청 아저씨 덕분에 보약 같은 백숙을 맛나게 먹었다. 민망하고 미안하던 마음도 모른 척 떠나보냈다.

17

내 삶에는 나만의 노란 화살표

까미노에서는 길을 잃을 염려가 전혀 없다. 걸어가야 할 방향을 알려주는 노란 화살표가 어디에든 있다. 누구라도 어려움 없이 걸을 수 있을 정도로 진짜 자주 등장한다. 갈림길이 나와 혼란스러울 때도 잠깐 걸음을 멈추고 주변을 찬찬히 살펴보면 곧 노란 화살표가 친절하게 모습을 드러낸다. 간혹 잘못된 길을 들어설 때도 있다. 그럴 땐, '인간 화살표'들이 등장한다. 밭일하는 노인, 지나가던 운전자가 굳이 멈추고 바른길을 알려준다. 길을 헤매고 싶어도 헤맬 수가 없게 모두가 산티아고로 향하는 순례길로 인도한다. 그러니 순례자들은 그저 자기에게 집중하면서 멈추지 않고 걸어가기만 하면 순례길의 끝에 도달하게 된다.

내 인생에도 노란 화살표가 있었으면 했다. 앞날이 막막할 때, 도전하고 싶은데 해도 될지, 이렇게 살아도 되는지, 내가 걸어가는 이 길이 맞는지,

지혜로운 누군가가 확실한 방향을 가리켜 주면 좋겠다고 간절히 원할 때가 많았다.

한때 소설가를 꿈꾸었다. "몇 년 애쓰면 넌 좋은 작품을 쓰게 될 거야." 누군가가 확신해준다면 열심히 할 텐데. 소설가가 되기 위한 노력이 모두 헛수고가 되면 어쩌나, 이런 걱정을 하다가 포기했었다. 지금은 될까 안될까 해야 할까 말아야 할까 고민 하는 대신 일단 해본다. 되는지 안 되는지는 해보고 난 다음에야 알 수 있는 일이니까.

"엄마는 길도 모르면서 왜 그렇게 용감하게 막 걸어가?"

"가보고 길이 아니면 돌아 나오면 되니까. 조금 더 걸어도 된다는 마음만 있으면 일단 걸어가 보는 거지. 갔는데 아니면 다시 길을 찾아 걸으면 되고. 그래봤자 조금 더 돌아갈 뿐이야."

노란 화살표가 조금 애매하게 길을 가리킬 때 태윤이는 구글 앱을 돌리거나 이쪽일까 저쪽일까 신중하게 고민하는 반면 나는 그냥 내키는 방향으로 걸어가 볼 때가 많았다. 보통 이쪽으로 갈지, 저쪽으로 갈지 망설이는 것은 한 번에 제대로 된 길을 찾으려는 마음 때문이다. 걷기에 단련된 나는 조금 더 걷는 일은 별로 문제가 아니라서, 아니 조금 더 걷게 되는 걸 즐겁게 받아들이기 때문에 일단 가고 본다.

우리 사회는 직선의 길 위에서 노란 화살표가 가리키는 방향 따라 움직이도록 설계되어 있다. 실패가 두려워서 안정적인 길로만 가겠다면 사회가 가리키는 화살표만 따라가면 된다. 직선에서 벗어나 자기만의 길을 나서려면 용기가 필요하다. 사회가 제시하는 화살표는 과감하게 뭉개고 무시하며 걸어가야 한다.

물론 두려운 일이다. 길이 아닌 길을 걸어야 하므로 갔다가 돌아와야 할 수도 있고 험한 길을 헤매다가 상처를 입을 수도 있다. 쉬운 길을 두고 아주 멀리 돌아갈 수도 있고 위험에 처할 수도 있다. 그런데 조금 더 돌아가는 것을 두려워하지 않으면, 시행착오를 통해 성장할 수 있음을 안다면 자기만의 화살표를 따라 걸어갈 수 있는 용기가 생긴다. 용기는 한 번 걸어보고 한 번 실패해 보는 과정에서 더 커진다는 것을 걷고 난 후에 알았다.

노란 화살표를 따라 순례길을 걸으면서 내 삶의 노란 화살표는 내가 세워가는 것임을 마음에 새겼다. 누가 친절하게 알려주는 길의 안내는 순례길에서만 받고 싶었다. 내 삶의 안내자는 나 자신이고, 노란 화살표를 세워가는 주체자도 나 자신이니, 삶의 자리로 돌아갔을 때는 오로지 내가 원하는 방향으로만 걸어가겠다는 다짐을 했다.

순례길에서 만난 친구 중에는 직장을 그만두고 새로운 일을 모색하는 과정에서 걸으러 온 이들이 많았다. 다들 자기만의 노란 화살표를 찾으러 온 것일 테다. 교육 회사에 근무하던 은영 씨, 무적함대 영준 씨, NGO에서 일하던 영지 씨, 길 위에서 만났던 20대 친구들 모두 걷는 동안 자신이 하고 싶은 일, 해야 할 일에 대해 깊이 생각하는 시간을 가지고 싶다고 했다. 산티아고 순례길을 홀로 걷는 이들의 뒷모습이 예뻤다. 한국의 청년들에게 이렇게 쉬어갈 수 있는 시간, 자신이 진정 하고 싶은 일이 무엇인지 차분하게 알아갈 수 있는 시간을 주고 기다려주는 사회를 상상했다.

교육의 현장에서 만난 청년들은 다들 마음이 바빠 보여 안쓰러웠다. 대학, 안정된 직장, 사회가 요구하는 표준의 삶에 맞춰가기 위해 안간힘을 쓰고 있었다. 그들의 부모로서, 그들의 친척으로서, 그들의 상사로서, 그들의 스승으로서 젊은 친구들 곁에 있는 어른들이 "괜찮아, 천천히 가도 좋

아. 네가 좋아하는 것을 하는 것이 중요해, 네 삶의 주인은 너야. 네가 원하는 일을 해, 넌 잘할 수 있어." 이런 메시지를 일상적으로 줄 수 있다면 그들은 훨씬 더 홀가분한 마음으로 자기만의 길을 찾아갈 힘을 얻을 것이다.

순례길에 오른 친구들이 소진된 힘을 다시 찾아가는 공간으로서 이 시간을 즐겼으면 했다. 자신의 마음속으로 깊이 걸어 들어가고 있는 그들의 삶이 풍성해지기를. 씩씩하게 걷는 뒷모습을 보며 기원해 주었다.

18

씩씩하게 걷는 아이의 모습은 언제 보아도 좋아

나무토막같이 묵직한 다리를 힘겹게 들어 올려 첫걸음을 뗐다. 첫걸음만 떼면 다음 걸음은 수월하게 따라왔다. 겪을수록 신기한 일이었다.

앞에서 소녀 순례단이 걷고 있었다. 엄마와 세 딸이다. 팔랑팔랑 뛰듯 걷는 아이도 있고 엄마 손에 매달려 걷는 아이도 있다. 그들의 뒤를 따라 걸으며 슬며시 미소가 지어졌다. 어린아이들이 어쩜 저렇게 씩씩하게 걷고 있을까. 칭찬해주고 싶은 마음을 참으며 아이들을 지나치는데 칭얼거리는 소리가 들렸다. 뒤에서 볼 땐 그저 즐기면서 걷는 줄로만 알았는데 반전이었다. 칭얼거리면서도 아이들은 쉬지 않고 걸었다. 엄마 손을 잡고 늘어지면서도 발은 앞을 향해 내딛고 있었다.

길이나 산에서 씩씩하게 걷는 아이들을 만나면 그렇게 반가울 수가 없다. 요즘 아이들은 닫힌 공간에서 지내느라 많은 걸 잃었다. 경쟁 사회에서 이기는 존재가 되어야 하는 아이들이 머무는 공간은 자기 방의 책상 주변이거나 교실, 학원으로 한정된다. 식당이나 쇼핑센터가 그나마 가끔 들르는 외부 공간이다. 명절에 찾아가는 친척 집에도, 여름휴가를 갈 때도 매일 풀어야 하는 학습지를 챙겨가야 해서 싫다는 아이들의 하소연을 접한다. 넓은 공간, 낯선 공간에서 몸을 움직이는 것은 너무도 중요한 삶의 공부인데 우리는 대학 입시를 위한 공부만 시키고 있다.

산티아고 순례길에서 부러웠던 장면은 엄마 아빠가 아이의 손을 잡고 걷는 모습이었다. 유모차에 아이를 태우고 온 가족 순례자들도 있었다. 어릴 때부터 새로운 공간을 걷고 몸을 크게 쓰며 다양한 경험을 많이 한 아이들은 꿈의 크기가 다르겠다는 생각이 들었다. 여행하면서 사람들을 만나고 낯선 사람을 통해 변화를 경험하고 그러면서 자기 존재를 키워갈 것이다.

부모교육 현장이든 책을 통해서든, 산티아고에서 만난 아이들의 이야기를 전해야겠다고 생각했다. 강의 때 만나는 많은 부모는 불안해하곤 했다. 빈틈이 있으면 뒤처질까 잠시의 여유 시간도 없이 촘촘히 아이의 하루를 계획한다. 부모의 눈에 잘 보이는 공간에 아이를 앉혀두고 숙제하는 것을 본다. 아이들은 물을 마시기 위해 냉장고 문을 열어야 할 때도 엄마한테 물어본다. 아이가 가야 할 학원은 당연히 부모가 나서서 결정하고 언제 얼마큼 공부하고 언제 놀 것인지도 부모가 정한다. 아이들이 스스로 할 수 있는 기회를 박탈해버리는 부모들이 너무 많다. 아이가 잘못될까 봐, 실패할까 봐 불안해서다.

아이들을 믿지 못하는 부모들에게 산티아고 순례길에서 만난 어린아이들이 칭얼거리면서도 끝내 자기 다리로 걷더라는 것을 전하고 싶었다. 우리 아이들은 걸어갈 힘을 모두 가지고 있으니 걷는 일은 아이에게 맡겨놓고 부모들은 그저 곁에서 씩씩하게 자기 몫의 걸음만 걸어주면 된다고. 아이를 넓은 공간에 자유롭게 놓아두고 아이를 업어주지도, 재촉하지도 말고, 꽃길을 깔아주지도 말고 아이의 다리로 한 발 한 발 내디디며 나아가는 모습을 응원만 해주자고. 이런저런 생각 하며 걸었더니 금방 산을 하나 넘었다.

"우리 엄마, 생각보다 빨리 걸었네?"
"응, 걷다 보니까 힘이 조금 생기더라."

앞서 걷던 태윤이가 길가에 앉아서 나를 기다리고 있었다. 둘이 걷는 길은 서로에 대한 세심한 배려가 필요하다. 서로의 속도를 배려하며 걷는다는 건 걸음을 늦춰 어깨를 나란히 하고 걷는다는 의미만은 아니었다. 앞뒤로 적당한 거리를 유지하면서 걷는 일도 중요했다. 때론 홀쩍 앞서야 할 때도 있었다. 앞 사람의 등을 쫓아가는 것이 따라오는 이에게 때론 부담이기 때문이다. 아예 홀쩍 치고 나가면 뒤따르는 사람도 자기 페이스대로 걸을 수가 있다. 힘든 길을 오래 같이 걸으면서 저절로 알게 된 지혜다.

오르막길에 이르자 태윤이가 나를 챙겼다. 내 가방을 조금 더 무겁게 쌌는데, 그걸 아는 태윤이가 가방을 바꿔 메자고 했다. 너나 나나 힘든 건 같지, 하면서도 가방을 바꿔서 짊어졌다. 태윤이가 알려주는 대로 가방끈을 조금 조절했더니 아주 편안해졌다. 내 가방을 척 멘 태윤이가 주름 바지를 아름답게 휘날리며 날쌔게 앞장서서 걸었다. 걸어가는 아이의 뒷모습을 보는 것만으로 힘이 생겼다. 오늘은 태윤이의 배려에 업혀서 무사히 산을 넘었다. 씩씩하게 걷는 아이의 모습은 언제 보아도 좋았다.

쉬다 걷다 했더니 역시나 저녁 7시가 넘어서야 아헤스(Ages) 공립 알베

124

르게에 입성했다. 입구에서부터 수고했다고 손뼉 쳐주는 사람, 안아주는 사람, 엄지척해 주는 사람, 모두가 우리를 환대해주었다. 순례길을 걸은 지 열흘이 넘어가자 너도나도 다 아는 사람이 되었다. 언어가 통하지 않아도 눈을 찡긋거리며 우리는 따스한 의미를 주고받았다. 마음이 두툼해졌다.

19

순례하는 마음을 다시 세우며

날짜를 세지 않은 지 오래됐다. 오늘이 무슨 요일인지도 모른 채 팜플로나와 로그로뇨에 이어 산티아고 순례길의 세 번째 대도시, 부르고스(Burgos)에 입성했다.

천천히 쉬어가기로 한 날이라 더 자도 되지만 새벽의 시간을 누리고 싶어 일찍 일어났다. 모두 잠들어 있는 고요한 시간, 나만의 테이블에서 글을 쓰고 싶었다. 호젓하게 글을 쓰며 앉아 있는 시간이 상을 받은 것처럼 느껴졌다. 걷는 일도 좋지만 이렇게 혼자만의 공간에서 글을 쓰는 시간도 그리웠다. 마침 이 집은 부엌이 하나의 방처럼 분리되어 있어서 혼자 조용히 글쓰기에 딱 좋았다. 찬장에 갈아놓은 원두가 있어서 커피도 한 잔 내렸다. 테이블 옆에 있는 창문을 활짝 열어뒀더니 가로등 빛이 탁자까지 스며들었다.

"한 사람의 인생이 다른 사람의 인생에 어떠한 전망을 제시하는지는 누구도 알 아맞힐 수 없다. 하지만 우리가 한순간 서로의 눈을 통해 사물을 바라보는 것만큼 큰 기적이 또 있을까?"
　-《월든》, 헨리 데이비드 소로우

　순례길이 일상이 되려던 참이었다. 순례길을 매일 걷는 것이 관성적으로 치러내는 하루치의 일이 되어서는 안 되겠다 싶었다. 순례하는 마음을 다시 세우고 싶었다. 강사로서 내가 소중하게 여기는 강연의 자리에 더 아름다운 모습으로 서고 싶다고, 깊은 데서 우러나오는 이야기를 전하는 사람이 되고 싶다고. 까미노를 걷는 동안 마음에 자주 새겼다.

　정말 좋은 강사가 되고 싶다. 어떻게 하면 좋은 강의를 할 수 있을지가 내게는 굉장히 중요한 과제이다. 책을 읽고 글을 쓰는 일도 결국엔 좋은 강의를 하고 싶어서 내가 날마다 하는 노력이고 습관이다. 사람의 마음을 위로하고 용기를 주고 변화를 독려하기 위해, 조금씩 움직이도록 돕는 말을 하기 위해 더 깊어지고 싶다. 내 삶이 조금 더 높은 차원의 지평에서 펼쳐진다면 내 강의가 훨씬 더 깊어질 것이라고 믿기 때문이다.

　교육장에 서면 뭐라고 표현하기 어려울 정도로 마음이 간절해진다. 기도부터 하게 된다. 간절한 마음이 문장으로 잘 이어지게 해달라고 말이다.

　강의를 실수 없이 잘하기를 바라는 것은 아니다. 강의 자리에서 멋진 강사로 유려하고 막힘없이 이야기하는 모습으로 박수를 받고 싶은 것만도 아니다. 마음이 간절해지는 지점은 부디 내가 하고 싶은 말이, 정확하고 사려 깊은 언어의 옷을 입고 나타나 주기를 바라는 것이다. 누군가에게 상처를 주는 편견이나 고정관념이 담기지 않을까 신중하게 말을 고르고, 용기를 담기에 적절한 문장을 찾는다. 그러기 위해서는 내 안에 편견이 없는지 날마다 나를 돌아봐야 한다. 책을 거울로 삼아 나의 말이 가식적이지 않은지, 실천을 뺀 공허한 메시지가 아닌지 자주 점검해야 한다. 매일 걷는 이유도 마찬가지다. 고요한 시간을 통해 내 마음을 들여다보며 나쁜 성분들을 가려낼 수 있기 때문이다.

산티아고 순례길에 오고 싶었던 이유도 긴 시간을 두고 내 마음을 살피며 오래 걷다 보면 더 나은 것들을 담아갈 수 있으리라는 믿음 때문이었다. 순례하는 마음을 다시 새기려고 홀로 깨어있던 새벽, 마음에 다시 새롭게 세우고 싶었던 다짐은 산티아고 순례의 길을 더 정성스럽게 걷자는 것이었다. 다정한 말을 하고 좋은 글을 쓰는 사람이 되리라는 마음이 절실하게 차올랐다.

3부 기쁘게 걷다보면 그곳에 도착하게 돼

20

느려도
걸으면
기적에
가
닿지

뜨거운 날이 이어졌다. 스페인 하늘에서 떨어져 내리는 햇볕의 부스러기들이 온 대지를 달구었다. 묵묵히 걷는 일도 계속됐다. 순례길에서의 일상은 느리고도 단조롭게 반복되는 중이었다. 열기 속에서 걷고 또 걷는 일, 그 사이에 나의 시간이 흐르고 있었다. 이 시간을 카메라에 담아 다큐멘터리처럼 보여주면 1분도 못 가 지루해져서 꺼버리고 말 것이다.

메세타 평원이라고 불리는 구간이 시작됐다. 그늘 한 점 없이 힘들고 지루한 평원이 200킬로미터나 이어진다. 누구는 자전거를 타고 넘고 누구는 버스로 건너뛰기도 한단다. 여기야말로 순례길의 하이라이트라고 부르는 이들도 있었다. 어떻든 모두 다른 이들의 말일 뿐, 우리는 우리 식대로 걸어봐야 정의 내릴 수 있으리라.

워낙 그늘이 없는 구간이라 한낮의 뜨거운 길을 걷지 않으려면 일찍 출발하고 속도를 내야 했다. 우리 계획은 오후 2시 이전에 목적지 도착하기.

그런데 목표가 너무 높았나보다. 아무리 용을 써도 지금보다 더 속도를 내기는 무리였다. 마음을 바로 고쳐먹었다. 언제는 햇볕이 내리쬐지 않던 날이 있었던가. 산티아고 순례길이 산 아니면 평원이지, 그래도 바람이 늘 시원하게 불어주니까 낮에 걷는 것도 괜찮다. 그래, 우리는 하던 대로, 우리 속도대로 걷는 거다. 힘들면 앉아서 늘어지게 쉬는 거다. 우리에게 딱 맞는 속도를 찾아서 유지하는 것이 중요하다. 결국 이날도 저녁이 다 되어서야 알베르게에 들어왔지만 남들보다 늦었다는 자괴감 같은 것은 조금도 없었다.

"느려도, 매 순간 걸어가고 있다면 내가 가고자 하는 곳에 반드시 가 닿을 수 있다."

다리를 절룩이는 사람, 사륜 오토바이를 타고 가는 사람, 자전거 페달을 힘겹게 굴리는 사람, 순례길 위에는 자기만의 속도와 방식이 있을 뿐. 다른 순례자와의 속도 경쟁은 없었다. 길 위에서 자기만의 속도를 챙기면서 걸어가는 것 자체가 순례였다. 옆으로 사륜 오토바이가 질주해 가더라도 내 걸음만큼만 갈 수 있으므로 묵묵히 걸어가는 것이 내가 할 수 있는 최선의 일. 자기만의 속도를 찾아 잘 걸어가면서 자기만의 스토리를 만들어가는 길이다. 모두가 한 방향을 향해 걷는 순례길이 수천수만 갈래의 길인 이유다. 내가 걷는 순례길과 태윤이가 걷는 순례길이 다른 이유다.

작은 마을에 정말 예쁜 성당이 있어 들어가 보았다. 뒤에 조용하게 앉아 있던 나이든 수녀님이 둘러보고 나가려는 내 손에 미라클 메달을 쥐어 주셨다. 모든 소원을 들어주는 메달이라고 생각하니 괜히 힘이 막 솟아났다.

주술처럼 메달의 기적을 믿고 싶었다.

　미래의 날들을 상상하면 문득 불안해진다. 지금 내가 원하는 모습이 펼쳐질지 어떨지 알 수 없으니 가장 쉽게 빠질 수 있는 일은 불안해하는 일이다. 미래의 일을 우리가 통제할 수는 없다. 다만 어떤 미래가 다가와도 나름의 의미가 있다는 걸 믿으면 불안한 마음이 조금 엷어질 텐데 그게 생각만큼 잘 안 된다.

　"엄마? 내 말 좀 들어봐, 요즘 이런 생각이 든다."

　"무슨 생각?"

　"나한테 일어난 모든 일이 나름대로 다 의미가 있다는 거."

　"이를테면?"

　"들어봐, 내가 학교를 그만두지 않았으면 이렇게 지금 산티아고를 걷는 일도 없었겠지? 학교 그만두고 미국드라마 보고 뒹굴뒹굴할 때 말이야. 사실 내가 좀 한심하기도 했거든? 근데 지금 또 생각해보니까 그렇게 드라마 보고 뒹굴뒹굴한 시간이 있었기 때문에 지금 영어도 좀 하게 된 거잖아?"

　"그건 그래."

　"그러니까 나한테 일어난 일 중에서 의미 없는 일은 하나도 없었던 거야. 지금 산티아고 걷는 이 시간이 또 얼마나 신나는 일로 되돌아올지 생각하면 내 미래가 막 기대되고, 설렌다니까."

　태윤이의 말을 듣고 보니 인자한 수녀님이 내 손에 쥐여준 미라클 메달처럼 우리 앞에 놓인 모든 삶의 순간이 그 자체로 의미 있는 일이라는 걸 믿을 수 있을 것 같았다. 미라클 메달을 손에 꼭 쥐었다. 마치 내 안에 있던 불안들이 손가락 사이로 빠져나가는 느낌이었다.

내 삶은 매 순간 기적임을 받아들이는 연습이 필요하다고 생각했다. 지금 우리가 할 수 있는 것은 나를 믿으며 걸어가는 것. 고행의 시작이라는 메세타 구간의 첫날이, 기적과 함께 시작되었다.

21

나를
비추는
거울이
곁에
있다

태윤이의 순례자 친구 찌롱 씨는 대만에서 온 20대 여성이다. 직장을 몇 년 다니다가 그만두고 새로운 일을 찾고 싶었는데 유능한 인재인 찌롱 씨를 놓치기 싫은 회사가 사직서를 받는 대신 긴 휴가를 줬다고 한다. 그 휴가 기간에 혼자 순례길에 온 친구다. 정말 잘 걸었다. 우리는 따라잡을 수 없는 속도로 걷고 알베르게에 일찍 들어와 여유로운 시간을 한껏 즐기는 부러운 친구였다. 우연히 같은 알베르게에서 여러 번 마주쳐서 이야기를 나누고 밥을 나눠 먹으면서 친해지게 되었다. 태윤이랑은 돌아와서도 연락을 주고받았다. 코로나 팬데믹만 아니었다면 찌롱 씨가 한국에 와서 태윤이를 만날 계획도 있었고, 태윤이도 혼자 대만으로 여행을 갈 생각이었다.

태윤이랑 친하게 지내는 순례자 친구이다 보니 식사할 때는 나도 함께 앉아 태윤이를 사이에 두고 즐거운 이야기를 나누기도 했다. 워낙 싹싹한 사람이라 어느 순간 마음이 편해져서 말도 더 많이 건넸다.

　그날도 함께 식사하는 자리였다. 각자 몫으로 순례자 메뉴를 시켰다. 공짜로 나오는 와인을 마시니 기분 좋은 취기가 몸에 퍼져 말이 많아졌다. 그 참에 찌롱 씨가 스테이크 하나를 거의 남긴 것을 보았다. 나의 엄마 오지랖이 발동되었다.

“좀 더 먹어요. 그렇게 먹고도 배가 불러요? ”
“네, 많이 먹었어요.”

　많이 먹었다는 말을 두고 곁에 있는 태윤이에게 입술을 다문 채 '작아서 그런가? 너무 조금 먹는다.'라고 속닥였다. 찌롱 씨가 우리말을 못 알아들을 테고, 알아들었다 해도 엄마 또래의 여자가 한 말을 특별히 기분 나쁘게 들었을 것 같지 않았다.

　그런데 태윤이가 목소리를 한껏 낮춰서 '엄마'하고 부르면서 내 허벅지를 쿡 찔렀다. 그런 말 하지 말라는 신호다. 아닌 게 아니라 숙소에 들어와서는 본격적으로 혼났다. 아무리 걱정을 담은 의도였다 하더라도 듣는 사람 입장에서는 불쾌해할 수 있다고 말이다.

　부르고스 타운하우스에서 다른 순례자들과 함께 저녁을 지어 먹은 날도 생각났다. 요리하는 내 곁에서 영훈 씨가 살뜰하게 뒷일을 처리해주었다. 그릇이 나오는 대로 바로바로 씻어서 올려두고 내 뒤를 따라다니면서 어지럽혀진 싱크대를 닦아주었다. 누구보다 빨리 일어나 설거지까지 도맡아 하는 영훈 씨에게 말했다.

“영훈 씨는 엄마한테 정말 다정한 아들이겠어요. 어쩜 이렇게 알아서 부엌일을 잘 도와줘요? 집에서도 엄마 자주 도와드리죠? 엄마가 진짜 좋아하시겠다."

고마움의 표현으로 칭찬의 의미를 담아서 한 말이었다.

"엄마, 영훈이 아저씨한테 '다정한 아들이겠어요'라고 했던 말도 좀 그랬어."

"그게 왜? 나는 진짜 고마워서 칭찬으로 한 말인데."

"만약에 남자가 아닌 여자가 엄마를 도왔다고 해봐. 당연하다고 생각하지 않았겠어?"

"아, 그렇네. 남자가 부엌일 돕는 일은 자연스러운 게 아니라 특별하게 칭찬해줘야 하는 거라는 생각이 나한테도 있었구나."

독일에 있는 유대인 박물관을 방문했을 때였다. 유대인들이 아우슈비츠 수용소에서 느꼈을 죽음에 대한 두려움, 끝없는 절망, 그 안에서 살아냈어야만 했던 일상, 스러져간 죽음들이 선명하게 느껴지는 공간이었다. 기울어진 바닥, 비대칭 벽면, 겨우 햇빛 한줄기 들어오는 높은 천장의 작은 틈, 공포의 소리가 생생하게 다가왔다. 특히 인상적이었던 것은 유대인 박물관의 내부 곳곳에 있던 회전하는 사각형의 거울이었다. 내부를 둘러보는 내내 사각형 거울에 비친 내 모습을 봐야 했다. 그때마다 거울이 내게 묻는 것 같았다.

'너는 어떻게 살고 있니? 네 안에는 편견이 없니? 누군가를 다르다는 이유로 무시하지는 않았니? 다른 누군가가 너보다 못하다고 낮게 보지는 않았니? 네 삶의 기준에 맞지 않는다고 비정상의 딱지를 붙이지는 않았니?

실수로라도 누군가를 아프게 하지 않았니?'

　나는 폭력을 예방하는 교육을 하는 강사이다. 나 자신의 내면부터 잘 성찰하는 노력을 성실하게 해야 한다. 유대인 박물관의 거울처럼 내가 하는 말이 혹여라도 누군가에게 상처를 입히지 않는지 되짚어보려고 예민하게 살피는 편이다. 그런데도 오랜 습관으로 누적된 것들이 이렇게 불시에 표현될 때가 있다. 태윤이가 한 번씩 나를 되돌아볼 수 있게 해주는 거울이다.

　맞는 지적은 바로 수긍하는 게 내 장점이기도 하다. 태윤이 말에 의하면 난 중년의 여성이다. 인권 감수성이 높은 강사라는 걸 의심하지는 않지만 언제든 모르는 사이에 꼰대가 될 가능성은 늘 있다는 것이다. 엄마가 어디에서 꼰대 취급받는 걸 두고 볼 수가 없으니 예민한 시선으로 봤을 때 문제가 되겠다 싶은 부분은 계속 말해주고 싶단다. 나를 비추고 나에게 질문을 던져주는 거울 같은 존재가 나와 같이 순례길을 걸어주니 다행이었다.

22

산
티
아
고

임
파
워
먼
트

우리 앞에 엄청난 봉우리가 버티고 있다. 얼마나 더 힘들게 올라야 할까? 한숨이 막 새어 나왔다. 그나마 위안은 아득해 보이는 길도 막상 가운데로 성큼 들어서면 별것 아니라는 것. 이것도 걸으면서 알게 된 사실이다. 일단 발을 움직여 그곳에 들어서면 그 엄청나 보이던 봉우리는 우리 뒤에 별것 없는 흔적으로 남을 뿐이다. 살면서 이런 일을 얼마나 많이 만날까? 태윤이가 앞서서 성큼성큼 봉우리를 향해 오르고 있었다.

어제도 우리는 알베르게의 문을 닫고 들어갔다. 숙소에 꼴찌로 들어간 덕분에 6인실을 독차지하는 행운을 얻었다. 2층 원목 침대 세 개가 희미한 백열등 아래 아늑하게 놓인 공간에 태윤이랑 나 오직 둘. 덕분에 깊은 잠을 잤다. 얼마나 달콤했던지 눈 뜨는 순간부터 행복했다. 안락한 잠자리에서 느지막이 나왔다.

태윤이가 온타나스(Hontanas)에서 이테로 데 라 베가(Itero de la Vega)

까지 20킬로미터만 걷자고 해서 그러자 했다. 우리에게는 수행해야 할 과업이 있었다. 밀려있는 빨래를 하고 말리는 일. 매일 저녁이 다 되어서야 알베르게 들어가다 보니 빨지 못한 옷을 들고 다닌 지 삼 일째였다. 한 번 입었던 옷은 절대 다시 입지 않는 태윤이를 위해서라도 오늘 반드시 빨래해서 바싹 말려야 했다. 늦게 출발했지만 깊게 자고 일어난 덕분에 표정도 발걸음도 가뿐했다. 급기야 태윤이는 이런 말까지 남기셨다.

"처음 왔을 때는 다시는 안 와야지 했는데 지금은 다시 와도 좋을 거 같아. 하루하루 순례길이 끝나간다는 게 너무 아쉬워."

순례길 초반, 나는 엄마로서 모범을 보이겠다는 마음이 강했다. 착각이었다. 저 아이에게 엄마로서 뭘 가르치고, 배우게 하고, 이끌어 주는 역할을 해야 한다는 생각이 어리석었다. 지금 태윤이의 뒤를 따르는 사람은 나, 힘 받는 사람도 나다. 엄마와 딸이라는 위계관계란 게 원래도 없었지만 여기서는 전혀 없다. 생각해보니 태윤이는 어렸을 때부터 나에게 좋은 상담자였다. 이런저런 고민이 있거나 어떤 결정을 못 해 헤매고 있을 때 아주 간단하게 답을 줘서 마음에 박힌 것들을 시원하게 빼주었다.

큰아이 중학교 때였다. 시험 기간에 공부는 안 하고 잠만 자는 아이 때문에 잔뜩 속이 상했다. 태윤이 손을 잡고 산책하면서 언니가 공부를 안 해서 걱정이라고 했다.

"엄마, 나도 내 인생이 어떻게 될까? 고민하고 그러거든. 설마 중학생인 언니가 아무 생각이 없겠어? 걱정하지 말라고, 언니는 알아서 잘할 거야."

4학년짜리 아이가 이런 말로 나를 편안하게 만들었다. 강의하러 갔는데 집중 안 하는 사람이 있어서 힘이 빠졌다던가, 새로운 주제의 강의를 맡았는데 아이디어가 잘 떠오르지 않는다던가 하는 문제들도 태윤이랑 손잡고 산책하면서 이야기를 나누다 보면 어느새 깔끔하게 정리되면서 힘이 차오르고 답이 구해졌다. 그런 경험들이 우리 사이에 누적돼 있었다.

딸에게 나의 듬직한 뒷모습을 보여주기 위해 산티아고에 왔는데 딸의 다부진 뒷모습을 보며 걷고 있다. 아이가 성큼성큼 휘적휘적 걸어가는 모습을 볼 때마다 든든했다. 내 속에 가득 차오르는 싱그러운 힘. 이걸 어떤 문장으로 표현할 수 있을까?

세상 가장 작은 존재로 내 속에서 나와 이제 나보다 더 큰 존재가 되어 나를 이끌고 있다. 사는 동안 아이의 단단한 등을 기억하는 한 쉽게 주저앉지는 않을 것 같다.

23

무지개, 작은 들꽃들 구름,

이테로 데 라 베가를 벗어나던 날 아침, 무지개를 만났다. 카메라에는 도저히 담기지 않는 무지개였다. 하늘이 얼마나 낮은지, 정말 손만 뻗으면 구름이 잡힐 것만 같았다. 시선을 두는 곳마다 모양이 제각각인 구름이 몽글몽글 피어있었다. 길가에 만발한 작은 들꽃들, 이름만 불러주면 모조리 뛰어나와 나에게 안길 것 같은 작은 존재들이 천지에 널렸다. 자주 멈춰서 들여다보았다. 오늘은 유난히 작은 꽃들에 눈길이 더 머물렀다. 걷다 말고 쪼그려 앉아 들꽃을 만져보기까지 했다. 참 별일이다 싶은 눈으로 나를 보는 태윤이를 모른 척했다. 오늘은 그러고 싶으니까.

너무나 보고 싶었던 고등학교 은사님을 어젯밤 페이스북에서 만났다. 평소처럼 하루치 순례기를 블로그와 페이스북에 올리고 이런저런 글을 탐색하다가 알 수도 있는 친구 목록에 뜬 이름에 눈길이 멈췄다. 설마, 나의 국어 선생님? 글 몇 개를 읽어보니 딱 맞았다. 스스로 낙오자로 여기던 고등학생 시절, 나에게 다른 욕망을 가지게 만들어 주신 분, 열여섯에 다른 꿈을 꿀 수도 있다는 사실을 알려주셨던 분이었다.

고등학교 1학년 때, 국어 선생님은 옆 반의 담임 선생님이자 1학년 주임 선생님이셨다. 어느 봄날 나는 등교를 하다 말고 얼떨결에 친구들과 당일치기 가출을 하게 됐다. 인근 도시 시내에서 놀고 집에 돌아왔더니 난리가 나 있었다. 대학을 갓 졸업하고 우리 학교에 처음 부임해온 담임 선생님이 우리 집 마당에서 날 기다리고 계셨다. 저녁에는 학년 주임인 국어 선생님께 불려갔다. 짐작하건대, 담임 선생님이 부탁하신 게 아닐까 싶었다.

국어 선생님 댁은 초등학교 가는 길목에 있는 피아노 학원이었다. 피아노가 놓여 있는 거실에 엉거주춤 앉아 있는 내 모습이 지금도 선명하게 떠오른다. 선생님께서 내게 물으셨다.

"공부하면 대학 갈 형편은 되나?"

처음 들어보는 말이었다. 대학이라니. 우리 언니도, 사촌 언니도 고등학교만 졸업하면 서울로 올라가 취직을 했다. 다른 가능성은 생각해 본 적도 없이 나도 그렇게 될 거라고 당연시하고 있었다. 가난해서 대학 갈 형편이 안 된다는 말이 차마 안 나왔다.

"형편이 된다면 공부 열심히 해서 대학에 가라."

다른 꿈을 꿀 수도 있구나. 내 앞에 놓인 삶이 정해진 것이 아니라 내가 하기에 따라서 달라지기도 하는구나. 선생님의 이 한마디가 내게 다른 세계로 가는 문을 열어주었다. 열여섯이 되도록 내게 이런 말을 해준 어른은 처음이었다. 그 선생님을 고등학교 졸업한 지 27년 만에 만난 것이다.

지난밤의 감격에서 덜 깬 상태로 걷고 있었다. 작은 들꽃들에서 열여섯의 내가 겹쳐 보였다. 나도 저런 작은 들꽃이었다. 이름 없는 무리 속에 특별한 것도 없던 그저 그런 아이였다. 길 위에 앉아 작은 들꽃 하나를 손가락 사이에 끼워 자세히 들여다보았다. 특별한 꽃이 되었다. 열여섯 살 나에게 선생님이 말을 걸어준 뒤 납작했던 존재감이 부풀어 오르고 살이 붙었던 것처럼.

마음이 좋아서였을까? 그날 나는 800킬로미터의 까미노를 통틀어 가장 아름다웠다고 기억되는 길을 걸었다. 카스티야 운하(Canal de Castilla)가 흐르는 길이었다. 날씨는 흐리고 바람은 불어왔다. 풀들이 눕는 소리, 나뭇잎들이 부딪치는 소리가 배경음악처럼 내 길을 열었다. 이런 곳은 치마를 나풀거리며 걸으면 참 좋겠다는 생각을 한 순간, 진짜로 치마를 입은 순례자가 내 옆을 지나쳤다. 혼자서 웃었다.

28킬로미터를 힘겹게 걸어 도착한 공립 알베르게마저 환상이었다. 호스피탈레로가 모두 청년들이었다. 활기찬 에너지가 가득했다. 어린 순례자라며 태윤이를 으쓱하게 해주었고, 그동안 거쳐 간 재미있는 순례자 이야기를 우리에게 신나게 들려주었다. 기부제로 운영하는 알베르게 부엌에는 파스타와 각종 소스, 채소, 식빵과 잼이 한가득했다.

피곤해서 저녁은 굶기로 했었던 태윤이가 파스타를 만들었다. 식자재를 눈앞에 두고 잔다는 건 태윤이에게 있을 수 없는 일이지. 있는 재료로만 만들다 보니 감자채를 토마토 소스에 볶아낸 파스타가 완성되었다. 태윤이가 혼자 먹으려고 대충 만든 건데 먹을 때쯤 다른 외국인 순례자들이 부엌으로 모였다. 한국식 퓨전 파스타라고 조금씩 나누어 줬더니 모두 좋아했다. 우리랑 자주 마주쳤던 프랑스 청년 미카엘은 자기 몫의 와인을 기꺼이 식탁에 모인 순례자들에게 따라주었다. 마침 술이 당기던 참이었는데 어찌나 달던지, 우리는 마주 보고 웃고 또 웃었다. 말도 없이 와인 한 모금 마시고 마주 보고 웃기만 했다. 지금 내가 네게 줄 수 있는 건 그저 이 환한 웃음뿐이라는 듯.

까미노에서 만나는 우리는 맨몸에 맨얼굴이다. 서로의 사회적 위치도 모르고 기대하는 어떤 것도 없다. 위계도 없다. 그저 존재와 존재로 나란히 서 있다.

내가 보여줄 수 있는 가장 환한 것, 가장 극적인 환대의 표현이 '웃어주기'가 아닐까. 까미노를 같이 걷는 동무들에게 줄 수 있는 것은 오직 웃는 얼굴뿐이다. 내가 받는 것들도 온통 누군가의 웃는 얼굴들이다. 가장 큰 선물이고 더할 나위 없이 충분한 것들이다.

거대한 환대의 공간을 같이 걸어가는 일. 날마다 환대를 주고받는 순례자들. 어디서도 경험하기 어려운 일이 지금 여기 순례길에서 벌어지고 있었다.

24

버티고 걸으면 금세 잊힌다

칼사디야 데 라 쿠에사(Calzadilla de la Cueza)까지 24킬로미터를 걸었다. 체감상 저 숫자의 오른쪽 끝에 0 하나를 더 붙여 240킬로미터를 걸어온 듯 지쳤다. '까미노 슬럼프'라는 표현이 있다면 딱 이날이었다. 아직 없는 말이라면 내가 만들고 싶을 정도로 너무 힘들었다. 몸이 힘드니까 마음도 지쳐서 걷는 일이 싫어지기까지 했다. 그만 걷고 싶은 마음과 싸우느라 진이 다 빠졌다. 어제 최고의 길을 걸었다고 쓴 문장이 희미해지기도 전에 난 최악의 길을 경험했다.

출발은 좋았다. 날씨가 흐렸다. 걷기엔 흐린 날씨가 최고지. 우린 분명 보이지 않는 보살핌을 받으면서 걷는 사람들이야, 역시 복이 많아. 우쭐거리는 마음으로 길을 나섰다.

카리온 데 로스 콘데스(Carrion de los Condes)까지 7킬로미터를 걷고, 중간에 마을이 하나도 없는 광활한 평야 17킬로미터를 더 걷는 여정. 평지에 날이 적당히 흐리고 겨우 24킬로미터만 걸으면 되니까. 이제 이 정도 거리는 가뿐하게 느껴졌다.

카리온을 벗어나면서부터 하늘이 급격하게 어두워지더니 빗방울이 쏟아지기 시작했다. 비는 괜찮았는데 바람, 바람이 복병이었다. 8월 한여름에 이게 무슨 난리인가 싶게 세찬 바람이 불었다. 이솝 우화 '해님과 바람'에 등장하는 딱 그런 바람이었다. 누가 이기나 보자 하고 불어닥치는 것만 같았다.

조금 과장하면 눈이라도 뿌려질 듯한 날씨였다. 이가 덜덜 떨리고 심장이 오그라들었다. 그동안 애물단지 취급을 받던 판초 우의를 서둘러 꺼내 입었다. 추위는 한결 누그러졌는데 기운이 떨어졌다는 게 문제였다.

바람을 온몸으로 맞으며 걷는 일에는 에너지가 몇 배는 더 쓰였다. 발바닥에 온 체중을 다 싣고 밀리지 않으려고 버티면서 걸었다. 이런 걷기는 난생 처음이었다. 힘들어서 잠깐 멈추면 몸이 뒤로 휘청거렸다. 쉬었다 가고 싶어도 앉을 곳이 없었다.

맞서 걷는 방법밖에 없었다. 바람을 밀어내면서 걷는 것만이 이 바람에서 벗어나는 길이었다. 더 힘들었던 건 바람이 내 몸을 통과하면서 내 마음의 좋은 성분들까지 다 걷어가 버렸다는 거였다. 걷기 싫은 마음이 기어이 차고 올라왔다. 몸이 지친 것은 얼마든지 일으켜 세울 수 있지만 지쳐 넘어간 마음을 세워 다시 걷게 하는 일은 너무 힘겨웠다.

"우리 항이, 많이 힘들어? 조금만 더 가면 돼."
"말 좀 시키지 마. 말할 힘도 없어."
"쿠퍼 오빠 노래 들으면서 걸을래?"

음악 들으며 걸으면 힘이 난다고 태윤이가 귀에 이어폰을 꽂아주었다. 바람 소리 때문에 들리지도 않았다. 힘든 가운데 있을 때는 어떤 존재도 위로가 되지 않는다. 다정한 목소리로 염려하는 태윤이도, 이 와중에 부엔 까미노는 무슨, 알은 체하며 지나가는 순례자들에게도 힘을 얻을 수 없었다. 그렇게 아름답던 하늘도 들판도 들꽃도 눈에 들어오지 않았다. 몸은 ㄱ자로 구부려진 지 오래고 스틱을 짚을 힘도 없어 질질 끌면서 걸었다.

오로지 내 발끝만 보였다. 길의 끄트머리가 나타나기만을 빌며 한발 한발 옮겼다. 저 언덕만 올라가면 마을이 보일까? 지평선 끝까지 가면 느닷없이 마을이 나타난다는 데 지금이 그때인가? 수십, 수백 번 기대했는데 번번이 꺾였다. 길의 끝에 이르면 다시 이어지고 다시 끝이라 여겨지는 지점에 가면 또 이어지고 바람은 내 몸을 굴복시키며 집요하게 지나갔다.

내가 여기 왜 이러고 있나. 콧물이 흐르고 다리가 무거웠다. 순례하는 마음이고 뭐고 당장 알베르게에 들어가서 눕고만 싶었다.

길의 끝이 있는 건가? 걷고 싶지 않았다. 마음이 지고 마니까 몸의 힘이 모조리 다 빠졌다. 이제 더 걸을 수 없다고 엎어지고 싶을 때쯤 약 올리듯 마을이 나타났다. 지친 몸을 겨우 이끌고 알베르게로 들어왔다.

"낮에 내가 무슨 생각 하면서 걸었는지 알아? 이 길도 끝난다. 이러면서 걸었어. 그러니까 덜 힘들더라."

순례자 만찬을 먹으며 태윤이가 말했다. 나 힘든 것만 생각하고 걷느라 태윤이는 보이지도 않았는데. 그런 생각으로 우리 태윤이는 걸어왔구나. 같은 길을 걸어도 서로 다른 경험을 하고 있었다.

샤워하고 자리에 누우니 조금 살만해졌다. 그제야 힘들게 버티며 꾸역 꾸역 걸어왔던 나의 걸음이 대견해졌다. 그래, 힘들게 걸으려고 순례길에 왔지, 편한 길 걸으려고 온 거냐. 뿌듯한 마음이 올라왔다.

　살면서 느닷없는 바람이 내 몸을 덮칠 때 온몸으로 바람을 맞으며 버텼던 오늘을 몸이 기억해주었으면 좋겠다. 버티기만 하면 어느 순간 나아지게 된다고. 그러니 오직 할 일은 멈추지 않고 걷는 일뿐이라고.

25

선택한 길의 의미는 내가 만들지

순례기에서는 호스피탈레로의 아름다운 배려에 관한 찬사가 빠지지 않고 등장한다. 산티아고 순례길 하면 호스피탈레로의 정성스러운 대접이 자동 연상될 정도다. 칼사다 델 코토(Calzada del Coto) 공립 알베르게에서 그들의 환대를 나도 제대로 경험했다.

마을 입구에 들어섰을 때였다. 알베르게를 찾아 두리번거리고 있는데 지나가던 자동차가 우리 옆에 멈춰 섰다. 할아버지가 창문을 내리더니 우리에게 손을 흔들며 한참 이런저런 설명을 하고는 급히 떠났다. 물론 스페인어로. 스페인어를 하나도 모르는 나. 그런데 어라? 그의 말을 이해할 수 있었다.

"자, 들어봐. 태윤아, 할아버지가 이렇게 말씀하신 거야."
"그게 이해가 됐어?"

"물론이지, 너희들 우리 알베르게에 가지? 내가 거기 호스피탈레로야. 지금은 알베르게가 비어 있을 거야. 내가 볼일 보러 잠깐 나가는 길이거든. 먼저 가서 가방 한쪽에 내려놓고 쉬고 있어. 한국 친구도 한 명 와 있어. 나는 저녁에 돌아올 거야. 그럼 먼저 가서 기다리고 있어. 이런 내용이었어."

"와, 엄마 눈치 정말 빠르다."

"들어보면 모르냐, 딱 답이 나오지. 이게 다 생활 내공에서 나오는 거야."

마을 입구에서 가까워 쉽게 찾아간 알베르게는 할아버지의 말대로(내가 이해한 대로) 정말 비어 있었다. 할아버지 말씀처럼 가방을 구석에 내려놓고 무거운 등산화도 벗고 쉬었다. 곧 영훈 씨랑 찌롱 씨도 왔다.

저녁에 돌아온 호스피탈레로 할아버지는 순례자들을 위한 저녁 식사와 다음 날 아침 식사까지 챙겨주셨다. 아침은 보통 굶거나 알아서 간단하게 챙겨 먹었는데, 이날은 우리를 위해 차려진 토스트와 샐러드, 우유와 커피를 느긋하게 즐겼다. 소박한 차림이어도 나를 위해 차려준 밥상은 언제나 감동이었다. 바싹하게 구워진 토스트에 딸기잼을 듬뿍 발라 먹고 다시 길을 나섰다.

6시 반인데도 어두웠다. 초겨울 날씨처럼 차가웠다. 몸이 잔뜩 움츠러들었다. 마을의 끝을 벗어나자마자 선택의 길이 나왔다. 명확한 두 갈래의 길이었다. 한쪽은 프랑스 길, 다른 쪽은 로마 길. 어디로 가든 우리가 가는 목적지로 모인다.

저 길의 선택이 뭐라고 태윤이는 갈림길 앞 표지판을 보면서 한참을 고민했다. 로마 길로 갈 것인가, 프랑스 길로 갈 것인가.

같이 출발했던 순례자들은 로마 길로 방향을 잡았다. 이제껏 프랑스 길을 걸어왔으니 새로운 길을 걸어보고픈 마음은 비슷할 것이다. 우린 어디로 갈까?

가위바위보로 정했다. 이긴 사람 마음대로. 태윤이가 이겼다. 한참 고심하더니 프랑스 길로 방향을 잡았다. 이유는 단순했다. 프랑스 길에는 한국라면을 끓여서 파는 가게가 있단다. 라면에 그다지 흥미가 없는 나는 로마길에 미련이 남았지만 태윤이가 이겼으니 어쩔 수 없었다.

어느 길로 가든 완벽한 선택은 없다. 중요한 것은 내가 선택한 길에서 나만의 이야기가 만들어진다는 것. 그 길에 집중하는 것만이 내 선택이 옳았음을 증명하는 방법이다. 걷는 길의 아름다움을 공들여 보는 것, 길이 뿜어내는 아침 냄새를 온몸으로 받아들이는 것, 생쥐와 개미와 달팽이, 들풀에 내 시선을 나눠주는 것, 이 길에서 만나는 다른 순례자들과 다정한 인사를 주고받는 것. 내가 선택한 길 위에서 특별한 이야기를 만들어내는 방식이다.

한참 걷는 데 뒤따라오던 순례자가 반갑게 인사를 건넸다. 그제 같은 식당, 옆 테이블에 앉았던 한국인 순례자 가을이다. 남편이 홀로 걸었던 순례 길을 이어서 걷기 위해 혼자서 온 30대 중반의 여성 순례자다. 직장은 1년 휴직계를 냈고, 순례가 끝난 뒤에도 1년 동안 지방에서 지낼 예정이라고 한다.

서른 중반에 난 무엇을 했었지? 그녀와 이야기를 나누면서 30대의 나를 되돌아보았다. 그때 난 사회가 입혀준 엄마라는 옷을 입고 있으면서 내 이름도 찾고 싶었다. 일도 하고 싶고 아이도 잘 키우고 싶다는 욕망에 바쁘던 시절. 그러면서도 나만의 시간을 갖기 위해 집을 단 몇 시간이라도 떠나면 큰일 나는 줄 알았다.

그때 사회가 부여한 역할을 벗어던지는 용기가 있었다면 지금 내 삶은 달라져 있을까? 이런 걸 두고 가지 못한 길에 관한 회한이라 하겠지. 후회는 없다. 지금 나를 구성하는 성분은 내가 선택한 길에서 만들어진 이야기일 테니 말이다.

가을이도 한국 라면을 먹겠다는 일념으로 프랑스 길을 걸어왔단다. 세 여자가 해맑게 웃었다.

드디어 마을에 들어섰다. 하필 일요일이라 문을 닫지는 않았을까. 태윤이와 가을이가 노심초사하는 기색이 역력했다. 멀리서 라면 냄새가 나는 것 같다며 둘은 흥분을 감추지 못했다. 다행히 입구에 한국어로 "라면 있다"라고 안내문이 붙어 있는 가게를 만났다. 신기해서 인증샷도 한 장 남겼다.

둘은 라면과 즉석밥을 주문했다. 라면을 즐겨 먹지 않는 나도 기념 삼아 주문했다. 삶은 달걀 쫑쫑 다진 것을 고명으로 올린 라면이 그럴듯했다. 기대 이상의 맛이었다. 국물도 끝내줬다. 밥을 말아서 국물 한 톨 남기지 않고 다 먹었다. "라면 싫다면서? 우리 엄마 싹싹 다 먹었네." 태윤이가 놀렸다. 까미노에서는 라면 국물도 마법을 부리네. 태윤이의 말에 토를 달지 않았다.

라면의 힘을 빌려 원래 계획했던 것보다 6킬로미터를 더 걸어 만시야 데라스 물라스(Mansilla de las Mulas)까지 가기로 했다. 마지막 6킬로미터 구간은 태윤이랑 손잡고 이야기를 나누면서 걸었다. 요즘 즐겨 듣고 부른다는 애니메이션 〈모아나〉 주제곡, 수평선 너머 바다로 나가는 꿈을 꾼다는 노래를 끝없는 산티아고 지평선을 넘으며 불렀다는 이야기. 태윤이가 알라딘 주제곡도 불러줬다.

태윤이가 들려주는 영화 〈알라딘〉의 자스민 공주 이야기가 재밌었다. 보수적이던 디즈니가 변하고 있단다. 그만큼 우리 사회의 경계가 확실히 확장되고 있다는 것, 자스민 서사가 주체적으로 새롭게 구성됐다는 이야기를 신나게 들었다.

어린아이들에게는 희망을 주는 동화가 필요하다는 이야기, 어릴 때부터 총리가 여성인 것을 보고 자란 아이들의 꿈은 그 크기부터 다르지 않겠냐는 이야기, 그러므로 어른들의 새로운 인식이 절실하다는 이야기⋯. 태윤이가 쏟아내는 말들이 힘찼다. 태윤이의 말과 생각이 고스란히 내 다리의 근육이 되어 달라붙는 느낌이었다.

오늘 순례길은 순전히 라면 국물과 태윤이 이야기의 힘으로 걸었다. 태윤이가 번역해서 전해주는 알라딘 주제곡 가사가 마음에 들었다. 아이의 마음속에 가사가 잘 새겨져 있다는 게 좋았다. 밑줄 그은 책 속의 문장, 마음에 담아 둔 노랫말은 그 사람이 어떤 사람인지를 알려주는 지표이기도 하고, 이 지표는 살고 싶은 삶의 지침으로 작용하기도 한다. 그래서 태윤이의 입을 통해 나온 말들을 잊을 수가 없다. 태윤이가 어떤 존재인지 드러내주기 때문이다.

"파도가 나를 멀리 떠나보내려 하고 날 묶어 아래로 내리려 해

모래를 집어삼켜, 아무 말도 못 하게 하지

천둥소리에 내 목소리는 들리지 않아

하지만 난 울지 않을 거고 난 무너지지 않을 거야

언제든 그들이 나의 입을 막거나 쓰러뜨리려 할 때마다

난 침묵하지 않을 거야

넌 날 침묵하게 할 수 없어

네가 아무리 노력해도 난 흔들리지 않아

난 절대 침묵하지 않을 거라는 걸 알아."

- 영화 〈알라딘〉 수록곡 'Speechless'

26

엄마와의 싸움에서는 대차게 이기고 보는 거야

오늘의 길동무는 봄이다. 그와 며칠 같이 걸었던 은영 씨가 나를 꼭 소개해주고 싶다고 했단다. 글을 쓴다고 했다. 봄은 대학을 졸업하고 교사가 되려고 교육대학원까지 갔는데 교사의 길이 자기가 진짜 가고 싶은 길인지에 대한 회의가 들었다고 한다. 뭔가 진짜 중요한 것을 놓치고 있다는 불안함을 안고 산티아고에 왔다. 인턴 자리에 합격한 상태였는데 과감히 포기했다.

좋은 기회마저 뿌리치고 기어코 산티아고로 떠나는 봄에게 엄마는 공항으로 가는 차 안에서까지 화를 냈다. 늦둥이 막내에게 거는 기대, 막내라서 더욱더 애틋한 엄마도 이해가 갔다. 봄은 엄마와의 갈등을 가장 힘들어했다. 교사라는 안정적인 직업으로, 평범하게 사는 것이 최고라고 여기는 엄마와 그런 엄마의 마음은 충분히 이해하면서도 자기 마음이 시키는 것을 따르고 싶은 사이에서 줄다리기하고 있었다.

"엄마의 기대와 자신의 소망이 싸우고 있다면 대차게 싸워서 반드시 이겨요. 어설프게 엄마 배려하느라고 적당히 엄마한테 맞춰주지 말고, 봄이 원하는 것을 얻을 때까지 자신 있게 나가요."

"그래도 될까요? 인턴 포기하고 올 때 엄마가 하도 뭐라고 하시니까 내가 정말 나쁜 딸인가 하는 생각이 들어서 괴로웠어요."

"만약에 우리 딸과 그런 갈등에 놓여 있다면 난 내 딸이 나를 확실하게 이겨주기를 바랄 것 같아요. 당장은 딸한테 서운하고, 왜 내 말을 따르지 않나 원망하는 마음도 생기겠지만, 결국 딸이 대견스럽게 여겨질 거 같거든요. '강단 있네. 저 정도면 어디 내놔도 지 목소리 당차게 내고 살겠네' 싶을 거 같아요. 그러니까 봄이도 미안한 마음에 흔들리지 말고 엄마를 이겨버려요. 대차게 가고 싶은 길을 걸어가는 모습을 보여드리는 거예요. 걱정하는 마음으로 어설프게 자꾸 뒤돌아보지 말고. 엄마한테 괜한 기대감을 심어주지 말고. 엄마도 빨리 포기하고 인정할 수 있게 말이에요. 내 딸의 길은 나와는 다르다고 느낄 수 있게."

"흠, 정말 위로가 되는 말이네요. 우리 엄마도 광주 엄마처럼 생각해 줄까요?"

"물론이지, 엄마들은 자식들한테 져주게 되어 있어요. 나도 매번 지고 살아왔는걸요."

《완벽한 아이》• 라는 책이 있다. 갇히고 부서진 삶에서 '자신'을 빛나게 살려내는 믿어지지 않는 이야기가 펼쳐진다.

●　《완벽한 아이》 모드 칠리앵, 윤진 역, 복복서가, 2020

타락한 세상에서 자기의 아이만은 완벽한 아이로 키우려는 병적인 신념을 가진 남자가 있었다. 그는 자신의 아이를 낳을 여자를 선택해 어릴 때부터 데려와 철저하게 교육한 후, 아이를 낳게 한다. 아내가 아이였을 때부터 아내의 가족으로 떼어내 대학교육까지 받게 한 이유는 오로지 태어날 자신의 아이를 자기 의지대로 가르치려는 목적에서였다.

그는 태어난 아이와 자신의 아내를 철책이 둘러싸여 있는 성곽 같은 집에 가둔다. 둘은 단 한 순간도 집 밖으로 나갈 수가 없었다. 감금된 상태에서 아버지가 기획한 '완벽한 교육' 프로그램에 따라 사육 당한다. 그 안에서 세상의 온갖 위험에 맞서는 아이로 키우기 위해 사람의 상식으로는 상상할 수 없는 형태의 폭력적인 교육을 한다. 사랑도 없고 스킨십도 없고 다정한 눈빛도 대화도 없다. 폭력과 감시와 훈련과 단절, 모멸과 절망만이 이 아이의 몸과 겪어내는 모든 시간에 새겨진다.

그런데도 아이는 자신을 영혼의 주인으로 살려낸다. 부모의 폭력에 의해 영혼의 한 귀퉁이가 무너지면 기어이 다시 세워냈다. 갇힌 아이는 부모의 폭력 속에서도 나비나 무당벌레와 꿈의 이야기를 나누었다. 말과 개와 비둘기를 돌보면서 사랑을 채우고, 맞아가며 배우는 피아노를 치면서도 아름다운 것을 알아보았다. 강압적으로 읽어야 하는 책들 속에서 다양한 삶을 살아가는 주인공을 만나 삶의 태도를 익혔다. 책에서 만난 이들과 마음의 대화를 나누면서 폭력이 새겨놓고 간 상처를 치유하며 자신을 찾아갔다.

결국 아이는 아버지의 정신에 잠식당하지 않고 자신만의 정신세계를 풍성하게 만들어낸다. 아버지가 '만들고자 한 완벽한 아이'를 배반하고 자신의 의지대로, 자기의 스토리대로 '완벽한 아이'가 되었다. 스스로, 가장 자기다운 모습의 사람이 된 것이다. 실제 일어난 이야기라니 더 놀랍다.

부모는 자식의 삶에 끊임없이 간섭한다. 자기 뜻대로 아이가 살아주기를 바라면서 그것이 사랑이고 관심이라고 여긴다. 자식이 부모의 간섭과 통제를 벗어나 자기만의 삶을 살아가는 것은 너무도 힘겹다. 봄이도 그런 사람 중 한 명이었다. 《완벽한 아이》의 주인공이 자신만의 방법으로 자신의 영혼과 삶을 지켜내고 살아나왔듯 봄이도 자신만의 방법으로 자신의 것을 멋지게 지켜냈으면 좋겠다. 산티아고 순례길이 너무 좋아서 또 왔다는 봄이에게 이 길은 그의 삶을 세워내는 좋은 방법이 되어 주었을 것이다.

큰 도시로 들어가는 길들은 매번 지루했다. 팜플로나가 그랬고, 부르고스가 그랬다. 레온(Leon)으로 가는 길은 달랐다. 봄이랑 나누는 이야기가 즐거워서 어떻게 걸었는지 주변 풍경이 어땠는지 기억나지 않을 정도였다. 오로지 우리가 나누었던 대화의 자락들만 생생했다.

갈리시아 주에 들어가면 맥주를 한 잔만 시켜도 작은 타파스•를 안주로 준다는 고급 정보, 문어를 데쳐 만든 '뽈뽀'라는 이름의 요리는 반드시 먹어야만 한다는 신신당부도 봄이 전해준 것들. 말 잘 듣는 아이처럼 타파스를 곁들여 내오는 맥주를 자주 사 마셨고 뽈뽀도 먹었다. 특히 스페인을 대표하는 문어 요리 뽈뽀는 내 취향을 저격하는 맛이었다. 적당한 온도의 물에서 천천히 익혀 후추와 소금으로 간을 해서 먹는 그 간단한 요리가 어쩜 그렇게 감칠맛 나던지, 봄이를 떠올리면 뽈뽀의 맛도 함께 입안에 맴돈다.

• 스페인에서 식사 전에 술과 곁들여 간단히 먹는 소량의 음식을 통칭하는 말이다. 일상적으로 먹는 음식을 한 입 크기로 만들어 이쑤시개에 꽂거나 소량씩 그릇에 담아 점심이나 저녁 식사 전에 술과 곁들여 먹는다. 얇게 썬 햄 한 장이나 치즈 한 조각, 숟가락에 얹은 캐비어, 작은 잔에 든 가스파초(gazpacho, 채소를 갈아 만든 차가운 수프), 오징어 튀김이나 미트볼 등 무엇이든 타파스가 될 수 있다. (네이버 지식백과)

봄이는 그 후로 다시 만나지 못했다. 산티아고 대성당에서는 만날 수 있을지도 모른다고 기대했는데 그날 그 길이 우리의 마지막이었다. 내 순례길 여정에 봄이는 레온과 함께 떠오르는 귀한 동지이다.

부디 세상의 딸들이 엄마를 넘어서 마침내 뜻깊은 '존재론적 성취'를 이루기를. 봄이가 엄마를 잘 이기고 당차게 자기 길을 잘 걷고 있기를 바란다.

드디어 메세타 평원의 끝, 레온에 들어섰다. 레온은 산티아고 순례길 후반부를 여는 길목의 마지막 대도시다. 많은 순례자가 몸과 마음을 새롭게 정비하고, 이곳에서부터 순례를 시작하는 이들도 많아 도시 전체가 들뜬 느낌으로 가득했다.

새벽에 아픈 무릎을 끌고 부르고스를 나설 때만 해도 까마득했는데, 어느덧 레온까지 왔다. 봄이 묵을 알베르게는 우리 숙소와 한참 떨어져 있어 중간에 인사를 나누었다.

동행자와 아쉬운 작별을 하고 휴대전화를 열어봤더니 문자들이 쌓여 있었다. 내 뒤에서 군청 아저씨랑 걸어오고 있는 태윤이였다. 더 멀리 가지 말아라, 지금 서 있는 그곳에서 기다려라, 자신이 보이기 전까지 움직이지 말아라. 대도시에서 엄마 잃어버릴까 봐 노심초사하는 우리 딸 태윤이가 문자 안에서 다급해 보였다.

신발을 벗고 벤치에 앉았다. 발을 주물러가면서 목을 쭉 빼고 태윤이를 기다렸다. 많이 뒤처지지는 않는지 십여 분 정도 뒤에 태윤이가 군청 아저씨와 함께 나타났다. 반가운 마음에 크게 손을 흔들며 격하게 조우했다. 멋대로 조금만 더 걸어갔으면 엇갈릴 뻔했다. 아프고 지친 다리로 서로를 찾아 헤맸을 장면을 상상해보다가 고개를 흔들었다.

레온의 알베르게는 12유로짜리 호텔급이었다. 어제 만시야 데 라스 물라스에서 최악의 알베르게를 경험하고 온 뒤라 감격이 더 컸다. 시설이 훌륭했다. 세탁기와 건조기가 무료고 심지어 빨래를 정해진 시간에 가져오면 대신 돌려주기까지 한단다. 우리 방에는 침대가 6개인데 네 사람만 들어와 있었다. 태윤이와 40년 차 우정을 나누고 있는 군청 아저씨, 한국에서 1년 동안 영어를 가르쳤다는 미국 청년, 그리고 우리 둘. 넷이 이 공간을 다 쓴다면 아주 훌륭한 밤을 보내게 되는 거다. 운 좋게도 추가 인원은 없었다.

레온의 기온은 18도, 쌀쌀했다. 늦은 점심 겸 이른 저녁을 먹으러 민소매만 입고 나갔다가 깜짝 놀라 다시 들어왔다. 지나가는 사람들의 옷차림은 이미 가을이었다. 긴소매 옷을 사려고 했는데 피곤해서 다음으로 미뤘다. 며칠 사이 기후가 확 달라졌다. 아침에 한 시간을 열심히 걸어도 추위가 가시지 않았다. 당장 내일 새벽이 걱정이었지만 쇼핑할 힘은 없었다.

쇼핑은 무리라도 밥은 맛있는 걸로 챙겨 먹어야지. 시내버스를 검색해서 버스를 타고 중국식 뷔페로 갔다. 우리가 레온까지 걸어온 힘은 바로 '웍', 중국식 뷔페였다.

소문대로 화려하면서도 구성이 알찬 레스토랑이었다. 소고기, 돼지고기, 닭고기, 새우, 조개, 해산물이 종류별로 즐비했고, 온갖 다양한 채소와 소스가 잘 갖춰져 있었다. 고기와 야채를 골라서 가져다주면 즉석에서 구워줬다. 백미는 연어회 초밥. 초밥이라니, 이곳에서 초밥을 다 먹을 수 있다니. 맛 또한 최상이었다. 경건한 마음으로 걷고 소박하게 먹고 정갈하게 몸을 다스려야 할 텐데, 까미노까지 와서 먹방이구나! 자괴감이 조금 밀려들었지만 이런 기쁨도 있어야 내일 걸을 힘이 또 모이는 법. 그래서 즐겼다.

고기랑 해산물을 배가 터지도록 먹고 들어왔는데, 군청 아저씨랑 태윤이는 기어이 중국 마트까지 가서 라면이랑 꽈배기를 사 왔다. 저녁에 배고파지면 라면을 끓여 먹어야 한다나? '라면이 대체 뭐라고?'는 내 생각이고 이 두 사람은 라면을 살 수만 있다면 반드시 사고, 반드시 끓여 먹어야 했다. 어쩜 둘이 입맛까지 닮았다.

군청 아저씨 56세, 태윤이 16세, 둘의 우정이 흐뭇하다. 태윤이는 아빠처럼 군청 아저씨를 허물없이 대하고, 군청 아저씨는 태윤이를 친구처럼 대해주었다. 군청 아저씨는 엄마인 나도 그다지 걱정하지 않던 태윤이의 발바닥 물집을 위해 약을 사다 줄 정도로 정성이었다. 태윤이는 돌아가는 비행기 티켓을 대신 예약해주고, 스마트폰으로 사용할 수 있는 까미노 정보를 알려주었다.

속도 차이가 있어서 자주 떨어져 걷고 다른 알베르게에서 묵는 날이 더 많지만, 그때마다 둘은 문자로 소식을 주고받았다. 그러다가 걷는 거리가 비슷한 날이면 함께 걷고, 같은 알베르게에서 묵었다. 벨로라도 알베르게에서는 군청 아저씨가 백숙을 끓여놓고 우리를 기다렸고, 부르고스에서는 태윤이가 예약한 타운하우스에서 다른 순례자들과 모여 한식 파티를 열었다. 그때 맛본 콜라 갈비찜은 순례길에서 만난 단연 최고의 메뉴였다.

까미노는 40년 차이가 나도 우정을 나누는 것이 가능한 공간이다. 나중에 꼭 소고기를 사주겠다고 여러 번 약속했을 정도로 둘의 우정이 참 보기 좋았다. 한국으로 돌아온 뒤 태윤이와 은영 씨는 군청 아저씨가 계신 예천으로 1박 2일 여행을 갔다. 군청 아저씨는 약속대로 소고기를 배불리 먹여주셨단다. 까미노의 우정은 단단했다.

28

새
로
운

길 　시
이 　작
　　되
　　다

산티아고 순례길의 여정을 내 마음대로 세 구간으로 나누었다. 첫 번째 챕터는 '감탄의 길'로 이름 붙였다. 생장피드포르에서부터 부르고스 입성 전까지의 길이다. 생애 첫 순례길, 모든 풍경이 그저 감탄으로만 다가왔다. 온몸은 통증으로 덮였지만 마음속에서는 기쁨이 불꽃처럼 터져 나왔다.

두 번째 챕터는 부르고스에서 레온까지 메세타 평원 200킬로미터를 걷는 길이다. '의미의 길'로 이름 지었다. 감탄하는 마음을 충분하게 거쳤더니 어느덧 길에 익숙해지면서 길의 풍경보다 내 마음의 풍경을 더 많이 들여다보게 되었다. 걷는 의미를 자꾸 더듬게 됐고, 길 위에 마음이 포개졌다. 길을 걷는 일이 앞으로 내딛게 될 내 앞의 생을 사는 일과 닮아있음을 알았다.

세 번째 챕터는 레온에서부터 앞으로 걷게 될 산티아고 대성당까지의 길이다. '정성의 길'이라고 이름 붙였다. 조금 더 침묵하면서 내가 원하는 것들, 내가 사랑하는 사람들, 내가 살아갈 삶, 내가 해야 할 일, 나의 사명감에 집중하며 걷겠다고 다짐한 길이다. 마음의 가장 작은 조각까지 길 위에서 써 볼 생각이었다. 기도하고 염원하는 마음으로 산티아고 800킬로미터의 끝까지 걸어가겠다고 조용히 선언했다.

순례길을 걸으면서 마음속으로 자주 되새긴 마음은 감사였다. 걷는 동안 모든 것이 감사했다. 얼마나 많은 사람이 이 길 위에 간절한 기도를 뿌려 놓았을까? 정성과 간절함으로 다져 놓은 길 위의 사랑이 내게 흡수되고 있는 듯했다. 이제 산티아고 성당까지 남은 거리 약 280킬로미터. 모두의 말처럼 걷는 것이 아까워지기 시작했다.

오늘의 목적지는 아스토르가(Astorga)였다. 이렇게 예쁜 마을에 들어오기까지 험난한 길을 걸었다. 차들이 거칠게 질주하는 고속도로 옆길을 걸어오느라 심장이 쪼그라들었다. 차가 나를 덮칠 것만 같아 무서웠다. 무릎이 아파서 걸음이 느려진 태윤이는 뒤로 처졌다. 처음에는 내가 사고를 당할까 무서웠는데 나중에는 태윤이의 안부가 너무 걱정되었다.

걱정은 부피를 불려가더니 진짜 닥칠 일처럼 두려움이 되어 덮쳐왔다. 가끔 내가 뒤처진 걸음을 걸을 때 태윤이가 나를 걱정하길래 속으로 "참 쓸데없는 걱정을 사서 하는구나."라며 웃었는데 지금에서야 이해가 됐다.

태윤이보다 한참 뒤처져 걷다 보면 나를 모르는 외국인이 나한테 먼저 말을 건네곤 했다. 한번은 1킬로미터 남았다는 말을 건져 들었고, 누군가는 갈림길에서 직진하라는 말을 해주었다. 참 친절한 순례자다 했는데, 알고 보니 매번 태윤이가 부탁해둔 거였다. 우리 엄마가 뒤따라오고 있으니 엄마에게 전해주라고. 나를 알아본 것도 신기하고 친절하게 굳이 나를 기다려주며 알려준 것도 참 고마웠는데, 지나가는 이에게 엄마를 부탁할 정도로 걱정했던 태윤이의 마음은 그제야 읽혔다.

괜한 두려움임을 알고 있다. 일어나지 않을 일에 대한 두려움. 내 아이와 연결된 일이라면 두려움의 크기는 훨씬 커진다. 사랑의 크기만큼이나 서로에 대한 걱정과 염려도 클 수밖에 없다는 것. 서로를 염려하는 마음을 가지고 걸은 하루였다.

두려움을 이겨가며 도착한 아스토르가는 4천 년의 역사를 지닌 고풍스러운 도시였다. 오랜 시간의 흔적을 보물처럼 간직한 건물들이 도시에 가득했다. 가우디가 설계한 박물관과 대성당은 꼭 들러보고 싶은 곳이었다. 대성당에서 진행하는 미사에도 참석해 보자 했는데 알베르게 들어서니 역시 몸이 늘어졌다. 마켓에 잠깐 들러 장을 본 후 저녁 내내 알베르게 안에만 있었다.

29

글쓰기로

사람을 사랑하지

삶을 세워나가는

"이십 년에 한 번씩 오는 격변은 표현 능력의 도약일 수도 있고 새로운 주체로의 전환일 수도 있고 갑자기 마음을 빼앗는 재료일 수도 있고 그때껏 발견하지 못했던 색일 수도 있고 참선 끝의 득오일 수도 있습니다. 앞으로의 이십 년을 버텨내세요. 쉬운 일은 아닐 테지만 모퉁이가 찾아오면 과감히 회전하세요. 매일 그리되 관절을 아끼세요. 모든 면에서 닳아 없어지지 마십시오."
- 《시선으로부터》, 정세랑

아스토르가의 알베르게 발코니 너머 서쪽 하늘에는 커다란 보름달이 오래 머물러 있었다. 너무 가까운 하늘에 걸려있는 새하얀 보름달이 비현실적으로 보였다.

보름달을 바라보며 태윤이는 글을 썼다. 요즘 들어 태윤이는 자주 앉아서 무엇인가를 쓰고 있다. 두려운 마음으로 걸었던 나와는 달리 길이 정말 아름답다고 감탄을 하며 걸어오더니 그 감흥을 놓치지 않고 노트에 기록하는 중인가 보다.

노트에 무엇인가를 적어나가는 아이의 모습을 보니 한 뼘은 자라 있는 것처럼 느껴졌다. 순례길 초반에는 걷기에 적응하느라 몸도 마음도 몸살을 앓았을 테다. 몸의 고통을 이겨내며 묵묵히 걸어야 했던 긴 시간 동안 태윤이의 내면에도 깊은 변화가 생겼을 것이다. 밝아지는 표정, 내게 건네는 말들 속에서 걷는 자신에 대한 자랑스러움이 자주 묻어났다.

무엇보다 가장 극적인 변화는 태윤이가 순례 길에서 겪은 일들을 '드디어' 노트에 끄적이기 시작했다는 것. 완결된 글까지는 아니겠지만 마음에 떠오르는 것들을 툭툭 쓰고 있는 것을 보니 정세랑 작가의 표현대로 순례길의 한 모퉁이를 돈 느낌이 든다.

글쓰기로 삶을 세워가는 여성들의 이야기를 매우 좋아한다. 곁에 있는 이들에게 글 쓰라고 부추기기도 잘한다. 글 쓰는 사람을 사랑하고 자극도 잘 받는다.

내 주변에는 글 쓰는 여성들이 많이 있다. 나보다 1년 먼저 산티아고를 다녀와서 나의 순례길을 배웅했던 J도 글쓰기로 자기 삶을 당차게 꾸려오는 친구다.

J를 만난 것은 교육의 자리에서였다. 정부출연기관의 직장어린이집 강사로 초대받아 갔는데 J는 그곳에 학부모 교육을 들으러 온 이들 중 한 사람이었다. 마침 두 번째 책이 출간된 뒤라 책 두 권을 선물로 들고 갔었다. 교육을 마치고 읽고 싶은 분께 드린다고 했더니 제일 먼저 J가 뛰어나왔다. 내 사인을 받으면서 자기도 책을 냈고 글을 쓰는 사람이라고 소개했다. 집에 돌아와 그의 이름을 검색해보니 책도 나오고 블로그도 나왔다. 얼마나 반가웠던지, 당장 친하게 지내고 싶어졌다. 그렇게 우리의 인연이 시

작되었다.

J가 내 책에 대한 글을 쓰고 내가 그의 책에 대한 글을 쓰면서 우리는 더 가까워졌다. 아주 가끔 브런치 카페에서 만나 책 읽는 이야기, 글 쓰는 이야기를 나누면 온몸에 힘이 가득 채워졌다.

J를 만나고 돌아온 날이면 난 꼭 글을 썼다. 글이 쓰고 싶어졌다. 글을 쓰고 싶게 만드는 재주가 있는 친구였다. 그렇게 좋은 자극을 주는 사이가 되었다. 서로의 마음속에 있는 열망을 알아본 우리는 서로가 글을 쓰도록, 더 잘 살아가도록 두드려주는 글쓰기 동지가 되었다. 더 잘 쓰고 싶어서, 더 잘 살고 싶어서. 우리는 산티아고 순례길에 순차적으로 왔다.

태윤이가 펜을 들어 무엇인가를 쓰는 것은 엄마와 함께 걷는 순례길에서 자신의 목소리로 순례의 의미를 찾아 나가려는 의지의 시작처럼 보였다. 태윤이의 언어로 새롭게 쓰일 순례의 길은 이제부터 시작일지도 모른다.

"여성의 이름으로 여성으로 겪은 나의 경험을 나의 목소리로 드러내는 일이 역사적으로도 사회적으로도 얼마나 중요한 일인지 그들은 말해주었지. 엄마는 그 말을 믿었고 그 말대로 글을 썼단다. 신기하게도 글을 쓰면서 내면의 상처를 치유할 수 있게 되었다. 길들인 무력감의 옷을 벗을 수 있게 되었고 내 삶을 긍정적으로 의미화할 수 있었지."
　-《딸에게 건네주는 손때묻은 책》, 김향심

예전부터 아이들에게 '글 쓰는 삶'을 당부해 왔다. 전문적인 작가가 되라는 요구가 아니라 그저 자기의 이야기를 쓰는 사람으로 살아갔으면 하는 바람이었다. 자기만의 표현법으로 자기에게 일어난 일들을 의미 지을 수 있는 사람은 남이 아닌 자기 기준대로 살아갈 힘이 있다. 경쟁 사회에서 요구하는 더 좋은 조건에 맞춰가는 것이 아니라 스스로 선택한 결정에 대해 자기만의 이유로 설명할 수 있기 때문이다.

글을 쓴다는 것은 자신의 목소리로 자기 경험을 의미화한다는 뜻이다. 자신의 경험을 자신의 언어로 써 내려가는 사람은 자기 삶의 주인이 된다. 요즘 여성들을 비롯한 사회적 약자들의 삶이 생기 있는 언어의 옷을 입고 세상으로 쏟아져 나오고 있다. 지배자의 근엄한 목소리만 있던 곳에 총천연색의 살아있는 이야기들이 스며들면서 사회가 변화하고 있다. 우리 사회가 그은 정상이라는 테두리 안으로 들어가려고 애쓰지 않고 금 밖에서 자유롭게 살아가는 존재가 여기저기서 자기 이야기를 하고 있다. 글쓰기가 다른 누구도 아닌 '나'로 살아가는 힘을 가져다준다는 것을 많은 이들이 알게 되면 좋겠다.

4부 평범한 하루를 기적처럼

사는 이가 순례자야

30

살고 싶은 하루를 살아내는 일이 혁명

태윤이의 입술이 거칠게 타버렸다. 발바닥은 온통 물집투성이었다. 저녁마다 숙소에서 물집을 터트리고 다음 날 걷기 좋은 상태를 만들기 위해 이리저리 궁리하는 것이 중요한 일과가 되었다. 발에 생긴 물집만큼 마음과 다리에는 힘이 붙었다. 오늘은 이라고산을 넘어 폰세바돈(Foncebadon)까지 가야 했다. 첫날 걸었던 피레네산맥과 비슷한 정도다. 첫날의 부담감 대신 자신감이 생겼다. 날마다 걷는 근력이 달라지고 있음을 느끼고 있다.

폰세바돈에 머무는 순례자들이 많을 거라고 태윤이가 서둘렀다. 다들 새벽에 철의 십자가(Cruz de Ferro)를 보러 올라갈 것이므로 바로 아랫마을인 폰세바돈에 순례자들이 몰려들 거란다. 작은 마을이라 알베르게는 적고, 알베르게를 잘 얻으려면 서둘러 걸어야 한다는 의미였다.

묵고 싶은 알베르게가 있었다. 함께 밥을 지어 먹고, 순례자 미사를 소박하게 드리는 곳이란다. 이곳에 꼭 묵고 싶어서 최선을 다해서 걸었다. 빠른 걸음을 재촉해서 걷다 보니 앞서 걷는 가을이마저 따라잡을 수 있었다. 지난번에 잠깐 조우했던 친구여서 반갑게 인사를 했다. 무척 빠른 친구라 나와는 같이 걸을 일이 좀처럼 없었는데 내 발걸음에 속도가 붙어서 같이 걷는 게 가능해졌다.

"언니는 무슨 일 하세요?"

내가 하는 일을 물어봐 주니 좋았다. 팜플로나에서 만났던 크리스티나 이후로 처음이었다. 부모교육 강사라는 소개로부터 엄마가 되는 일의 의미에 관한 대화로 이어졌다.

가을이의 꿈은 좋은 엄마가 되는 것이라 했다. 대학생 때부터 육아서나 교육서를 찾아 읽었을 정도로 좋은 엄마가 되는 것이 너무도 중요한 생의 과제란다. 직장을 선택한 기준도 아이를 키우면서 다닐 수 있는 곳이어야 한다는 것이 작용했을 만큼 간절한 꿈이었다. 그는 경쟁의 삶 속에 자신이 너무 오래 소진되어서 회복의 시간이 필요했다고, 자기를 충분히 돌보는 시간을 가져야만 좋은 엄마가 될 것 같다고 말했다. 이야기를 나누는 동안 가을이는 반짝거렸다. 원하는 삶을 살 수 있는 시간을 앞에 둔 사람의 환한 얼굴이었다.

"가을이는 어떤 하루를 보내고 싶어요? 어제 페이스북에서 잠깐 글을 읽었는데 자기가 원하는 하루를 보내는 것이 가장 멋진 혁명이래요."

"와, 언니, 소름 끼치는 말이에요. 내가 보내고 싶은 하루라… 생각 좀 해 봐야겠어요. 언니는요?"

지난밤에 글을 읽었을 때부터 나는 내 하루의 시간에 무엇을 채우고 있는지 생각해 봤다.

"난 지금 하는 일이 너무 좋아요. 하루에 한두 건 강의를 하고, 책을 읽고 산책을 하는 일. 이런 일들은 내가 정말 좋아하는 일인데 이걸 매일 하고 있더라고요. 순례길을 걸으면서 새록새록 깨닫게 되었어요."

"부러운데요, 언니. 저 생각 좀 해볼래요. 다음에 만나면 말씀드릴게요. 우리 다시 이야기 나누어요."

"그래요. 꼭 들려줘요."

가을이와 태윤이는 나를 앞서 걸어갔다. 둘을 먼저 보내고 기듯이 산을 올랐다. 순례길 이틀 째, 수비리로 내려가던 길처럼 힘겨운 코스였다. 산 중턱에 있는 휴식 공간에 앉았다. 나무 지붕과 나무 벤치에 낙서가 빼곡하게 쓰여 있었다. 익숙한 글자들이 많이 보였다. 숨을 몰아쉬며 앉아 있는데 나도 뭔가를 적어두고 싶다는 생각이 들었다.

'태윤아, 혼자서 여기 왔구나, 엄마는 네가 올 줄 알았어. 잘 왔어. 엄마가 여기에 너를 사랑하는 마음을 남겨 두었으니, 힘내서 계속 걸어가렴.'

나중에 태윤이가 혼자서 이곳에 오면 어떨지 상상하면서 나무 지붕 구석에다가 태윤이에게 꼭 해주고 싶은 말을 적었다. 내가 써 놓은 글을 우연히 발견한 태윤이가 놀란 표정으로 읽고 있는 모습을 상상만 해도 미소가 지어졌다. 꼭 그런 일이 일어났으면 좋겠다.

폰세바돈에 도착했을 때 묵고 싶었던 알베르게는 이미 다 차 있었다. 여기저기 물어 찾아간 알베르게마다 빈 침대가 없었다. 방을 구하는 데 도움을 줄 게 없어서 미안하고 걱정스러운 마음을 안고 바에 앉아 기다릴 수밖에 없었다. 태윤이는 앱을 확인하고, 눈에 보이는 알베르게마다 들러서 물어보느라 왔다 갔다 했다. 덕분에 극적으로 트윈베드가 있는 독방을 50유로에 얻었다. 그동안 묵었던 알베르게보다 몇 배나 비싼 가격인지라 망설일 수밖에 없었지만 다른 대안도 없었다. 우리가 누릴 마지막 사치라고 여기기로 했다. 덕분에 이날 저녁은 아주 편안했다.

철의 십자가를 앞둔 폰세바돈은 축제 전날처럼 들떠 있었다. 열어둔 창밖으로 흥겨운 말소리, 노랫소리가 넘실거리며 들어왔다. 순례자 친구들 몇 명과 함께 우리 얼굴보다 두 배는 크다는 스테이크를 먹으러 갔다. 중세 시대의 분위기가 물씬 풍기던 곳이었다. 가을이도 함께한 자리였다. 같이 걷고 맛있는 스테이크까지 함께 썰면서 우리 사이에 다정한 우정이 자랐다. 인연이 계속 이어질 것 같다는 느낌이 들었다.

산티아고를 다녀오고 난 어느 가을 아침, 문자 한 통을 받았다. 커튼이 하늘거리는 창가의 책상 위에 노트 한 권과 내가 쓴 《딸에게 건네주는 손때묻은 책》이 놓인 사진이 함께 담겨있었다. 가을이가 보낸 문자였다.

모두가 나가고 없는 집을 깨끗하게 정리하고 자기만의 자리에 앉아서 책을 읽고 있는데 이 순간이 바로 자신이 살고 싶었던 가장 구체적인 장면이라고, 나한테 꼭 말해주고 싶었단다. 가을이는 산티아고 순례길을 끝내고 자기가 살고 싶은 하루를 찾았다. 좋은 엄마가 되고 싶은 소원도 이뤘다. 쌍둥이 남매의 엄마가 되었다.

31

철
의
십
자
가
,
새
로
운
자
신
의
옷
을
입
는
곳

드디어 '철의 십자가'를 오르는 날이다. 순례자들이 기도하고 염원하는 모든 것들이 응집된 장소이다. 상처를 지니고 이 길에 선 사람은 철의 십자가에 상처를 묻고 사랑만 담아 떠난다. 사랑하는 사람과의 이별에 슬퍼하던 사람은 슬픔을 묻어두고 그리운 마음만 담아 떠난다. 과거의 자신을 두고 새로운 자신의 옷을 입고 내려오는 곳. 이곳이 바로 철의 십자가다. 산티아고 순례길에서 가장 상징적인 공간일 것이다.

철의 십자가에서 해 뜨는 장면부터 보고 싶어 새벽부터 서둘렀다. 걷다 보니 앞으로는 보름달이 손에 잡힐 듯 가까이 떠 있고 등 뒤로는 빨간 비단길이 깔리기 시작했다. 발걸음을 재촉했다. 철의 십자가에 올라가면 더 멋진 일출을 볼 수 있겠지 싶어 한 눈 팔지 않고 서둘러 올라갔는데, 결론은 다음을 위해 대충 지나쳤던 것보다 더 아름다운 장면은 등장하지 않았다. 천천히 올라가면서 충분히 둘러봤으면 좋았을 걸. 너무 급하게 오르느라 놓친 셈이었다. 아쉬웠다.

마을을 떠나 40분 정도 걸었을 때 철의 십자가가 보였다. 큰 자갈 무덤 가운데 몇 미터쯤 되는 긴 나무가 세워져 있고 그 꼭대기에 십자가가 꽂혀 있었다. 나무 기둥에는 사진과 메모지, 조개껍데기들이 주렁주렁 걸려 있었다.

먼저 도착한 청년들이 사진을 찍고 있었다. 십자가를 몇 미터 앞둔 지점부터 뱃속에서 뜨거운 기운이 올라오기 시작했다. 눈가가 뜨거워지는 걸 참고 있는데 먼저 도착한 태윤이가 철의 십자가 가운데 앉아서 울고 있었다. 예상하지 못했던 장면이라 내 눈물은 나올 틈도 없이 쑥 들어가 버렸다. 뒤늦게 온 은영 씨가 내 곁에 오더니 묻는다.

"언니, 태윤이 왜 저러고 있대요?"
"글쎄, 와보니까 저렇게 울고 있네."
"내가 올라가 볼게요."

멍하게 태윤이를 바라보는 나를 두고 은영 씨가 돌무더기 언덕을 올라갔다. 태윤이의 울음소리가 더 커지고 있었다. 철의 십자가가 어떤 곳인지 그 공간의 의미는 하나도 안 보이고 오로지 태윤이가 울고 있는 모습만 눈에 꽉 들어찼다. 태윤이의 순례길을 한 편의 다큐멘터리로 펼친다면 태윤이가 앉아서 울고 있는 철의 십자가는 온갖 역경을 딛고 성장의 전환점이 되는 공간일 터였다.

많은 동화가 주인공에게 풀기 어려운 과제가 주어지는 것으로 시작한다. 콩쥐처럼 나무 호미로 거친 돌밭을 매야 하는 일도 주어지고, 백조 왕

자 속 공주처럼 마법에 걸린 오빠들의 옷을 가시덤불로 만들어 입혀야 하는 과제가 주어지기도 한다.

이야기에 담긴 핵심 주제는 역경을 통과해내고 자기 자신이 되는 것. 주인공들은 결국 온갖 어려움을 이겨내고 자신을 넘어서서 원하는 것을 얻는다. 더 강한 사람이 된다. 철의 십자가 앞에 앉아 울면서 노트에 무언가를 쓰고 있는 태윤이 역시 역경을 잘 거쳐 온 존재로 보였다. 그제야 내 눈에서도 눈물이 왈칵 쏟아졌다.

순례길 600킬로미터를 걸어왔다는 실감이 났다. 태윤이는 나보다 더 힘들었을 것이다. 아무것도 모르는 엄마를 데리고 떠나온 길. 준비 없이 얼떨결에 나섰던 길. 엄마는 아무것도 안 하고 저를 믿고 뒤따라 걷기만 했던 길. 이제 열여섯인 아이가 여행을 기획하고, 구체적인 잔일을 모두 처리하고, 순례길에서 혹여나 엄마가 길을 잃을까, 마음 졸였을 길. 걸을 준비가 안 되어 있었지만 걸었어야 했던 길. 힘들어도 안간힘 쓰며 걷던 길. 과연 걸을 수 있을까 수없이 의심했을 길. 기어이 이기고 걸어온 길.

철의 십자가를 등에 지고 돌밭에 앉아 울면서 노트에 뭔가를 기록하고 있는 이 시간에 대하여 훗날 태윤이가 어떤 의미의 문장들로 써 내려갈지 궁금해졌다. 미래의 문장들을 얼른 읽어보고 싶었으나, 조급해지려는 마음을 눌러 두었다. 익어갈 시간이 필요할 테니.

"자랑스럽다고 할 만큼 대단한 일은 아니지만, 그 나름의 성취감 같은 것이 이제야 생각난 듯이 가슴속에 북받쳐 오른다. 그것은 '위험스러운 일을 자진해서 맡아 그것을 어떻게든 극복해 나갈 만한 힘이 내 안에도 아직 있었구나' 하는 개인적인 기쁨이며 안도감이었다."

무라카미 하루키의 《달리기를 말할 때 내가 하고 싶은 이야기》에 나오는 문장이다. 철의 십자가에 오른 날 내가 느낀 감정이 이런 것이었다. 철의 십자가까지 걸어올 만큼 내 마음속에 힘이 있었음을 알게 되었다는 자각에 벅찼다. 엄청난 성취를 했다고 말할 만큼은 아닐지라도, 적어도 우리가 할 수 있다는 것을 확인할 수 있었던 시간을 보냈다. 태윤이도 아마 이런 벅찬 감정에 눈물이 터졌을 것이다.

조용히 철의 십자가에 손을 대고 한참을 서 있었다. 많은 사람의 간절한 기도가 묻혀 있는 이곳에서 나의 소망도 나지막하게 읊조려 보았다. 생장 피드포르에서부터 가방에 걸고 온 조개껍데기에 간절히 바라는 나의 마음을 적어서 십자가 부근의 돌무덤에 잘 묻어두었다.

철의 십자가를 내려오는데 오래 미뤄 둔 숙제를 막 끝낸 것 같은 홀가분한 마음이 들었다. 왠지 나의 기도가 다 이루어질 것 같은 영험한 느낌이 주위를 감싸고 있었다. 남은 길은 즐기며 걸을 수 있을 것 같았다. 천 년 동안, 수많은 사람이 선한 마음만을 가지고 와서 가장 간절한 염원을 구하고 구했을 공간에 가득한 좋은 기운들이 내 몸 전체에 흡수된 것 같았다.

이제 우리 앞에 남은 순례길 198킬로미터. 계획한 일정대로 차질 없이 진행되고 있었다. 하루 평균 25킬로미터 정도를 꾸준하게 걸은 결과였다. 몸 상태도 최상이었다. 물집 하나 잡히지 않은 깨끗한 발을 여전히 유지 중이고 무릎도 다 나았다. 걷는 순간이야 매번 힘들지만 알베르게에 들어가면 생생해졌다. 다리가 아프거나 발바닥이 뜨겁거나 하는 증상도 없었다. 태윤이의 컨디션도 좋았다. 물집은 아물고 있고 걸을수록 단단해지는 근력으로 나를 매번 앞질러 갈 정도였다.

시간이 그렇게 흘러갔다. 피레네산맥을 넘을 때는 이 순례의 끝이 오기는 하려나 아득하기만 했는데 어느덧 끝자락에 머물고 있다. 어느 순례기에서 읽은 '아무것도 달라진 것은 없는데 모든 것이 변했다.'라는 문장이 입 밖으로 자꾸 새어 나왔다. 정말 딱 이 표현대로였다. 뭐가 달라졌냐고 물으면 딱히 달라졌다고 말할 것은 없는데 우리의 존재가 변했다고 느껴진다. 걷기의 이유이자 걷기의 결과다. 달라지고 변하고 성장하고 확장하고 깊어지고 진해지는 존재의 경계를 내 몸으로 확인하고 싶어서 무거운 다리를 한발씩 내디뎌 온 거다. 한걸음의 움직임이 우리의 경계를 넓히고 있었다.

산티아고 순례길은 자기 의지로 온 사람들이 걷는 길이다. 누군가에게 떠밀려 혹은 어떤 보상을 바라며 원하지도 않은 상태로 고통스럽게 걷는 사람들이 아니다. 관성적으로 흘러만 가던 삶의 시간을 잠시 멈추고 자기 의지로 걸으면서 자신이 원하는 삶이 무엇인지에 대한 답을 찾아가는 사람들. 타인의 순례기에서 그리고 여기서 만난 순례자들의 이야기를 통해서 산티아고 순례길은 자기가 원하는 것이 무엇인지를 탐구할 수 있는 소중한 시간을 준다는 것을 알았다.

걷기의 이유는 삶의 이유와 맞닿아 있다. 철의 십자가 앞에서 순례의 한 시기가 매듭지어진 느낌이 들었다.

32

마
음
속
에
서
　　말
　　들
　들
　리
　는

징검다리처럼 마을이 이어진 길을 지나 라 파바(La Faba)에 들어섰다. 소똥 냄새가 풍기는 시골의 한적한 마을이다. 헛간을 개조해서 만든 것 같은 알베르게를 잡았다. 비건 카페를 함께 운영하는 곳이었다. 아담하게 꾸며진 카페에서 책을 읽으면서 순례자 만찬을 기다렸다.

순례의 후반기에 들어서니까 아는 사람들이 많아졌다. 알베르게에 들어가면 반은 아는 사람들인지라 자연스럽게 함께 장을 보고 저녁을 만들어 먹고 이야기 나누면서 며칠을 보냈다.

이 소란스러움에서 조금 벗어나고 싶어 일부러 한적한 마을에 짐을 풀었다. 카페에 앉아 나는 책을 읽고 태윤이는 노트에 무언가를 쓰고 있는 이 여유로움이 그리웠다. 시골 마을의 시간은 아주 느리게 흘렀다. 엄마의 부엌에서 풍겨 나올법한 맛있는 냄새를 닮은 것들이 카페에 가득했다. 느릿느릿 움직이며 음식을 만들고 있는 쉐프를 흘깃거리며 이 순간을 누렸다.

"엄마, 철의 십자가에서 왜 그렇게 울었는지 이제 말하는데, 처음에 걸을 때는 다시는 산티아고 안 와야지 할 정도로 힘들었거든. 근데 철의 십자가에 가니까 눈물이 나면서 다시 여길 오고 싶겠구나 했어. 한참 울고 났더니 내가 여기에 있다는 게 감사하게 느껴지는 거야. 조개에 그동안 마음에 담아둔 투덜거리던 것들, 버리고 싶은 것들을 써서 철의 십자가에 걸어두고 나오는데 마음에 새로운 것들만 남아있는 것 같아서 힘이 들어도 힘이 들지 않더라."

"길을 바라보면서 걷다 보면 길바닥에 이 길을 걸었던 수많은 사람의 발자국이 찍혀 있잖아… 이걸 보면 뭐랄까, 어떤 철학적인 느낌이 드는데 표현하기가 힘들어."

"길을 걸으면 뭔가 아주 찐득한 것이 몸에 붙는 느낌이 들어. 예전에는 뻔한 소리라고 여겼던 것들이 지금은 진짜처럼 느껴져."

"기록하는 게 정말 중요하다는 걸 깨달았어."

노트에 무언가를 적다가 나한테 드문드문 건네던 태윤이의 말들이었다. 아스토르가의 달빛 아래에서 무엇인가를 쓰기 시작한 이후 태윤이는 생각에 자주 빠져 있었다. 마음속에서 무언가 막 터지고 움트고 있는 게 느껴졌다. 자신의 언어로 지금 이 순간의 느낌을, 지나간 경험의 의미를 이야기하기 시작한 사람의 들뜸으로 얼굴이 환했다.

"걸으면서 느끼던 것들을 정확하게 표현하기가 어렵네."

우리가 걸은 이 걸음들을 딱 떨어지는 문장으로 표현하기가 어렵다고 태윤이가 답답해했다. 시간이 걸릴 일이지. 지금은 어떻게도 설명하기 어렵고 어떤 의미일지도 알기 힘든 게 당연할 거야. 일상으로 돌아가 이 순례의 시간을 마음에 푹 담그고 살아내는 긴 발효의 시간을 거쳐야만 알 수 있을 거야. 이 시간이 우리에게 힘으로 응축될지, 더 없는 위로를 주게 될지, 더 나은 존재로 거듭나게 해줄지, 미래의 어느 시간대에 가 봐야 분명해지는 거겠지. 그러니 우선은 곧 나올 순례자 만찬을 맛있게 먹고 단잠을 자는 거다. 날이 새면 또 열심히 걸어가는 거야.

가뿐한 마음으로 아침을 맞이했다. 안개로 뿌연 길을 더듬어가며 부지런히 걸었더니 어느새 갈리시아 주 경계를 넘었다.

분위기가 확 달라졌다. 울창한 나무숲이 자주 등장했다. 평야를 거쳐 숲길까지, 까미노는 지루할 틈을 주지 않았다. 안개 자욱한 숲길을 전령사처럼 걷다가 소똥 밭을 지나 영원히 적응되지 않을 것 같은 산길을 부지런히 오르내렸다. 나바라 주, 라 리오하 주, 까스티야 이 레온 주를 넘어 드디어 갈리시아 주까지 왔다.

울창한 숲길을 걸어 오르자 마치 중세 시대를 배경으로 찍고 있는 영화 세트장 같은 집들이 오밀조밀 모여 있는 마을이 나왔다. 우리가 거쳐 왔던 곳과는 확연하게 다른 분위기였다.

기념품 가게를 둘러보고 있는데 누군가 우리를 애타게 불렀다. 어젯밤 같은 알베르게에서 묵고 순례자 만찬도 함께 나누었던 호주의 카리스마 넘치는 여성 순례자였다. 내가 잤던 2층 침대의 아래층을 썼나 본데, 밤중에 흘린 노트를 주워서 우리한테 주려고 엄청 열심히 걸어왔단다. 노트랑 읽던 책이랑 블루투스 키보드를 베개 아래에 놓고 잤는데 태윤이 노트가 떨어졌던 모양이다. 태윤이가 기록해 놓은 모든 것을 잃어버릴 뻔했다. 이런 고마운 마음들이 이곳 까미노에서는 흘러넘쳤다.

점심을 먹으려고 마을의 바에 들렀다. 늘 먹던 대로 시원한 맥주와 바게트 샌드위치를 시켰다. 태윤이의 메뉴도 일관성 있게 아이스 코코아와 크루아상 하나다.

산티아고 순례길에서는 무엇을 먹을지, 어디에서 잘지만 결정하면 됐다. 선택지도 많지 않아 별다른 고민 없이 결정하고 대부분 만족스러웠다. 무엇을 선택할까에 대한 갈등으로 소진하는 에너지가 거의 없는 시간. 심플하게 선택하고 주어진 현재의 결과에 감사하는 평화로운 시간을 누렸다.

33

이 걸음의 끝은 일상으로 잘 돌아가는 거니까

새로운 아침이 열리면 짐부터 쌌다. 갈아입을 옷 몇 가지, 샴푸 한 통, 칫솔, 치약, 선크림, 슬리퍼, 블루투스 키보드 이게 전부다. 짐이 단출하다. 배낭 하나에 다 들어가는 삶. 쓰고 있는 침낭은 깔고 잘수록 얇아지고, 닳아 없어지는 것들은 날마다 조금씩 줄어들고 있다. 살아가는 데 필요한 것은 딱 요만큼이면 될 텐데. 내 소유물의 크기가 내 존재의 크기가 되어버리는 곳으로 돌아가서도 이런 삶의 방식을 이어갈 수 있으려면 용기가 필요할 것이다.

새로운 하루, 새로운 길이 내 앞에 놓였다. 어제와는 다른 길을 어제와는 다른 발걸음으로 걷기 시작했다. 마을의 새벽은 아름다웠다. 한쪽에서는 해가 떠오르고, 다른 한쪽에서는 달이 산 뒤로 넘어갔다. 해와 달의 풍경을 번갈아 보느라 새벽의 눈은 바쁘게 오갔다. 마을이 깨어나기 시작했다.

사리아(Sarria)부터는 분위기가 사뭇 달라졌다. 산티아고 대성당까지 약 100킬로미터 정도 남은 지점이다. 여기서부터 걷기 시작한 누구에게나 산티아고 대성당에 도착하면 순례자 증명서가 발급되기 때문에 사리아부터 걷는 순례자들도 아주 많다. 가족 단위도 많고 여행 프로그램을 이용해서 단체로 걷는 팀도 많다. 선생님과 함께 온 아이들도 봤다. 관광객처럼 보이는 그들 앞에서 조금은 우쭐한 마음이 들기도 했다. 생장피드포르에서부터 걸어온 자랑스러움이 우러나왔다.

알베르게마다 사람이 꽉 찼다. 베드를 구하지 못해서 다음 마을까지 걸어가야 하는 사람들도 생겼다. 앞으로 남은 5일, 약 115킬로미터. 매일 20킬로미터 정도씩 걸으면 산티아고 성당에 다다르게 된다.

사리아에서 순례를 시작하는 사람들의 뒷모습은 경쾌했다. 깨끗한 운동화로 뛰어가고, 산뜻한 가방을 지고 날아가듯 걸었다. 정다운 수런거림을 일으키면서 한 무리가 지나가면 또 새로운 무리가 다가왔다. 꼬질꼬질 빛바랜 것들을 등에 지고 걷는 우리를 금방금방 넘어갔다. 사리아를 지나가는 이 100킬로미터 지점이 우리에게는 끝을 향해가는 아쉬움이 그득한 자리지만, 그들에게는 새로운 도전을 향해가는 첫걸음일 테니 우리는 느리고 그들은 빠르다.

우리의 뒷모습과 그들의 뒷모습은 내뿜는 빛의 색감까지 달랐다. 그들의 등이 설렘으로 빛난다면 우리의 등에는 시간을 묵묵히 넘어온 사람들의 자부와 위엄이 빛나고 있을 것이다. 설렘과 자부와 기대와 위엄이 길 위에서 함께 가을을 맞았다. 가을볕을 등에 지고 걸었다. 가을이 우리에게도 스몄다.

오후가 되니 역시 피곤해졌다. 소똥 냄새가 진동하는 순례길을 한참 걷다 보니 더 지치는 것 같았다. 누렁소, 하얀 소, 얼룩소 볼만한 소들은 다 봤다. 길은 아예 소똥이 반이고 시큼털털한 냄새는 눈까지 가릴 정도로 심했다. 하늘이고 산이고 눈을 들어 감상하기에는 코가 너무 예민했다. 자꾸만 냄새에 신경이 쓰였다. 마치 마을 전체가 소똥 캡슐에 갇혀있는 것만 같았다.

월경통까지 겹쳐서 더 힘들었다. 물이 꽉 찬 항아리를 안고 걷는 느낌이랄까. 몸이 온통 무겁고 조금이라도 속도를 낼라치면 통증이 물처럼 흘러나와서 조심조심 걸어야 했다. 진통제를 먹고 걷자니 수시로 졸렸다. 참다 못해 걷다가 길가에 엎드려 앉아 쪽잠을 자기도 했다. 이 정도면 몸에 사리가 쌓이겠다 싶을 즈음 사리아의 끄트머리가 겨우 보이기 시작했다.

알베르게에 도착할 때가 되어서야 몸이 조금 가벼워지고 머리가 맑아졌다. 늦은 점심인지, 이른 저녁인지. 뜨거운 국물 요리를 먹었더니 더 나아졌다. 순례길의 하루가 또 이렇게 저물어갔다.

어젯밤 꿈에서는 강의를 나갔다. 장소는 무려 청와대였다. 마이크를 찾고 있는데 담당자가 자꾸 사라졌다. 혼자 애를 태우다가 잠에서 깼다. 핸드폰을 보니 세 개의 강의 의뢰가 들어와 있었다. 하나는 일정이 겹쳐서 맡지 못했고 두 건은 잡아두었다. 일상이 가까워지고 있다는 신호였다. 순례의 마지막을 잘 마무리하면서 일상으로 돌아가기 위한 준비를 해야 한다. 이 걸음의 끝은 내가 두고 온 삶과 잘 조우하는 것이니까….

34

아버지의 눈으로

가을의

까미노를 걷다

내 상상력을 압도하는 길을 걸으면서 자주 떠올린 것은 어렸을 때 하던 '땅따먹기'였다. 어릴 적 내가 튕겨 낸 만큼 커지는 내 집을 보면서 느꼈던 감성이 마음속에 원형처럼 남아있었나 보다. 걷는 동안 문득문득 되새겨졌다. 태윤이와 순례길을 걸으면서 존재가 확장되는 느낌을 맛보았다. 우리가 새로운 공간에 한발씩 들어갈 때마다 익숙해 있던 우리 몸의 테두리, 존재의 경계를 조금씩 넓혀가는 성취감을 느꼈다. 생장피드포르에서 출발해 여기까지 걸어 온 길의 거리만큼 우리도 조금은 더 넓어지고 깊어졌다고 믿고 싶었다.

사리아에서 포르토마린(Portomarin)까지 걸어오는 길에는 가을이 이미 와 있었다. 우리가 걸어온 시간만큼 여름도 뒤로 물러가고 있었나 보다. 8월이라 한낮의 볕은 여전히 뜨겁지만, 하늘에 나무에 들녘에 길 위의 사람들에 가을이 묻어있었다.

가을이 느껴지면 아버지와 보낸 가을의 시간이 떠오른다. 첫아이 태은이가 백일이 되는 날, 아버지는 폐암 수술을 받으셨다. 시집살이하고 있던 나는 병원에 가보지 못했다. 예상보다 암의 크기가 컸다는 말을 태은이 백일 사진을 찍으면서 들었다. 아버지에 대한 걱정보다 갓 태어난 내 아이에 대한 신비에 더 사로잡혀 있었다.

부끄럽게도 그때는 도무지 실감이 나지 않았다. 아버지의 암, 다가올 이별, 투병의 고통, 지켜봐야 하는 두려움은 경험해 보지 않은 마음의 영역이었다. 상상력이 미치지 못하는 마음보다 당장 내 앞에서 반짝이며 웃고 있는 아기의 얼굴이 더 크게 보였다. 아버지의 투병이 외로웠을 것이라고 짐작만 할 뿐이었다.

나와 형제들은 멀리 있었고 병간호를 도맡아 하는 엄마는 투박했다. 아버지의 투병은 안방의 아랫목에 혼자 누워있는 것으로 채워졌다. 누구에게도 고통을 털어놓지 못하고, 위로도 구하지 못한 채 홀로 누워 삶을 정리하다가, 희망을 꿈꾸다가, 지난 삶을 낙담하다가 분노에 사로잡히는 그런 시간을 보냈을 것이다.

암에 걸린 아버지와 세 번의 가을을 함께 했다. 영화처럼 세 장면이 눈앞에 그려진다. 한 번의 가을은 아버지와 나란히 안방의 아랫목에 누워있던 장면으로 떠오른다. 태은이를 맡겨두고 혼자서 아버지가 있는 문경에 갔다. 두 번째 수술을 한 뒤라 죽밖에 못 드실 즈음이었다. 아버지한테 죽이라도 끓여 드리려고 장을 봤다. 전복죽을 끓이고 싶었는데 가난한 나는 전복 대신 굴 한 봉지를 샀다. 굴을 넣어도 맛있겠지 싶었는데 끓인 죽은 비렸다. 비린 죽을 맛있게 드시는 아버지와 따뜻한 이불 속에 누웠다. 누워서 생각했다. 이것이 마지막이겠지, 아버지와 누워있는 마지막 시간. 문밖에서 11월의 마른 잎들이 바람에 서걱거리는 소리가 들렸다.

두 번째 가을은 월미도의 바닷가. 살 수 있다는 희망을 끝까지 놓지 않았던 아버지는 서울에 있는 병원으로 방사선 치료를 받으러 다니셨다. 그 과정 중 내가 동행했던 어느 가을이다. 코트 자락이 심하게 펄럭였고 방사선 치료로 다 빠져버린 머리 위에 눌러 쓴 중절모를 손으로 꼭 누른 채 바다를 하염없이 바라보시던 아버지의 약한 뒷모습. 월미도의 한 다방에서 프림 둘, 설탕 둘 넣어 마셨던 달달한 커피는 아버지와 마신 마지막 커피다. 그 맛은 지금도 몸에 남아있다.

월미도 다방의 낡은 자리에서 아버지는 삶의 희망을 말씀하셨다. 살 수 있다는 희망이 아니라 지금도 괜찮다는 희망의 시선을 유산처럼 내 몸에 새겨 주셨다. "나는 최선을 다해서 살았어. 네가 잘 살면 아버지의 삶이 네 삶으로 이어지는 거니까 아버지가 죽어도 살아있는 것이니까 슬퍼하지 마. 너는 열심히 살면 돼."

아버지와 마지막으로 보낸 가을은 가족끼리 작정하고 떠난 여행이었다. 영덕 바닷가 근처에 콘도를 잡고 시장에서 대게를 사고 바닷가서 파도 놀이를 하고, 동해의 아름다운 해안 도로를 달렸다. 아버지 돌아가시기 석 달 전이었다. 가족 모두가 죽음을 예비하고 있었지만, 누구도 슬픔에 압도되어 있지는 않았다.

그 가을의 마지막 풍경은 모두 아름다웠다. 영덕 대게의 맛은 고소했고 마시는 술도 달았다. 가족들이 보내는 즐거운 시간을 아버지는 관객처럼 바라보기만 했다. 대게를 드시는 대신 누워서 우리가 먹는 모습을 보셨고, 엄마와 어린 조카와 내 아이가 파도 앞에서 뛰어다니는 모습을 멀리 앉아서 지켜보셨다. 운전석 뒷자리에 힘없이 앉은 채 가을의 아름다운 바깥을 흘려 보며 아버지는 다가올 죽음을 준비하셨을 것이다.

시간은 지나고 가을이 오고. 아버지가 없어도 가을은 아름다웠다. 아버지의 부재에도 나는 삶을 살고 있다. 월미도 다방에서의 아버지 말씀처럼 아버지의 삶을 안고 내 삶을 살아가고 있다. 가을이 되면 조금 슬퍼지고 조금 더 잘 살고 싶어진다. 아버지와 함께했던 가을 풍경이 지금의 가을 풍경에 겹친 채 펼쳐진다. 아버지의 눈으로 가을을 보고, 아버지의 의지로 가을의 시간을 보낸다. 이토록 아름다운 산티아고 순례길의 가을 속을 나는 '아버지의 눈'으로 더듬어 보면서 걸었다.

이날의 까미노는 안개로 가득 찬 길이었다. 당장 눈앞에 보이는 것은 없는데 안개 속으로 들어가면 나무며 돌이며 들꽃이며 소중한 것들이 품에 안겼다. 신비로움을 가르며 걸어가다 보니 어느새 하늘이 파랗게 열리고 구름인지 달인지 분간이 안 되는 조막만 한 조각이 하늘에 떠 있었다. 아이들의 재잘거림이 한 덩어리로 뭉쳐져서 지나갔다. 침묵 속에서 걷는 것이 참 좋다는 것을 알았다는 말을 남기고 태윤이는 아주 빨리 앞서 걸어갔다.

걸음을 부러 늦췄다. 몇 무리의 아이들을 보냈더니 길 위에 혼자 남게 되었다. 한적함 속에서 내 속도대로 천천히 걸어가는 것이 역시 좋았다. 에너지가 내 마음으로만 모이는 느낌. 침묵 속에 고요하게 걸으면 자기 마음을 만나게 된다는 말이 믿어졌다.

쉬어갔으면 좋겠다 하는 바에 태윤이가 앉아 있었다. 얼굴이 환했다. 그저께 태윤이의 노트를 찾아 준 외국인을 다시 만났는데, 태윤이의 환하게 웃는 얼굴이 너무 행복해 보여서 계속 생각이 났다며 사진을 찍어도 되냐고 했단다. 그 말이 기뻐서 그 기쁨의 힘으로 걸었다는 아이의 표정이 낮에 뜬 달 같았다.

35

마지막 한걸음까지 정성을 다해

'떠나는 삶'에 대해서 생각해 본다. 정주하는 삶이 아니라 유목하는 삶. 익숙한 공간을 떠나 새로운 공간으로 매일 이동하는 삶에서는 존재도 이동한다.

오늘 우리는 어제 머문 장소에서의 우리가 아니다. 순례길을 떠나오면서 '익숙한 우리'로부터도 떠나왔다. 길 위에 몸을 두고 앞으로 걸어가는 일, 자기 앞에 그림자를 앞세우고 똑바른 걸음걸이로 또각또각 나아가는 것은 날마다 새로운 존재로 이동해가는 의식이다. 걸어서 제일 먼저 도착하는 지점은 새로워진 마음 밭이었다. 한 뼘 더 넓어지고 다져진 마음이 지친 몸을 끌고 온 것 같았다. 그렇게 만나는 마음 밭이 좋아서 걸었다.

산티아고 대성당까지 38킬로미터를 남겨 두었다. 모레면 다다를 곳이다. 성당에 오전에 도착하려고 걸어야 할 거리를 적당히 안배했다. 오늘은 아르수아(Arzua)까지 30킬로미터를 걸어야 한다. 조금 무리해서 계획을 세웠다.

일찍 길을 나섰다. 순례길 초반에는 6시도 늦은 시간처럼 느껴졌는데 지금은 7시도 일렀다. 오전의 길은 숲길이다가 마을이 나오고, 숲길이다가 또 예쁜 마을이 나오는 신나는 길이었다. 금방 도착하는 마을은 오래전 떠나온 마을을 다시 찾은 느낌이 들 정도로 정겨웠다. 어느 구석에서 앤이랑 하이디가 반갑다고 손을 흔들며 나올 것만 같았다. "떠날 때는 이런 모습이 아니었는데, 여기가 이렇게 변했구나, 어머 예전에 있던 그대로네…" 이런 말을 역할 놀이하듯 중얼거려도 이상하지 않을 친숙함이 느껴졌다. 내가 떠나왔던 마을로 다시 돌아가는 길의 설렘이 느껴졌다.

"조금만 더 힘내. 이제 5킬로미터만 가면 돼."

거짓말인 거 알거든. 7킬로미터 남은 거 나도 아는 데 태윤이는 나 지칠까 봐 자꾸 줄여서 말했다. 그걸 믿고 싶을 정도로 30킬로미터는 너무 먼 거리이긴 했다. 한 10킬로미터를 남겨두고부터는 땡볕이라 더 힘들었다. 이 순례길은 마지막까지 방심할 수가 없다! 마지막 한걸음까지 정성을 다해 걸어야지. 한순간도 만만하게 보지 않고 귀한 마음을 담아 걸어야지.

길이 내게 말을 건넸다. 정말 이제 다 왔구나, 싶으니까 길 위에서 자주 마주쳤던 사람들이 생각났다. 내 앞에서 걷고 있거나 몇 마을 뒤에서 걸어오고 있을 그들을 만나 마지막 인사를 다정하게 건네고 싶었다. 수비리 마을 냇가에서 우리에게 웃음을 준 바게트 청년, 내게 두 번씩이나 태윤이의 말을 전해준 뉴요커 이헬 아저씨, 새벽에 버석버석 온몸을 비벼 대는 소리로 우리의 단잠을 깨웠던 마사지 청년, 순례의 세 번째 날까지 우리에게 다정했던 제주도 아저씨, 길에서 알베르게에서 가장 자주 만났던 이탈리아 꽁지머리 청년, 바욘 기차역에서 나랑 나란히 앉아 글을 썼던 소녀… 그러고 보니 어제 태윤이의 사진을 찍어갔던 그 외국인도 나와 같은 심정이었을 것 같다. 길에서 우연히 만나 잠깐의 시간과 마음을 공유했을 뿐이지만 이해하기 어려운 따스한 끈으로 연결되어 함께 힘든 여정을 겪어낸 동지애가 느껴졌다. 이 길을 떠나면 잊힐 인연이겠지만 마음은 오래 머물 것 같았다.

"여기 또 오고 싶을 거 같아."

"나도."

"언제 다시 오지? 다음에도 나랑 올 거야?"

"물론이지, 엄마 혼자는 못 와. 우리는 영원한 까미노 동지니까 같이 와야지."

"난 엄마가 혼자 오는 게 좋을 것 같기도 해. 엄마가 자꾸 엄마 역할을 한다는 게 아쉬웠어. 부엌에서 음식 만들고 뒷정리하는 걸 너무나 당연하게 해서 조금 안타까웠어. 엄마 혼자 걸으면 진짜 멋지게 걸었을 텐데 나랑 걷는 바람에 '엄마'로 있게 해서 내가 미안했거든."

"아니야, 엄마는 너랑 함께여서 좋았던 게 훨씬 컸어. 혼자 걸었어도 나름의 재미가 있었겠지만 말이야. 아쉽진 않아."

"그래, 그럼 다음에도 나랑 오자."

순례길이 끝나가니까 자꾸 다음을 이야기하게 됐다. 그렇게 힘들게 걸었는데 그 시간은 어느새 다 잊히고 다시 오고 싶은 마음만 새살처럼 올라왔다. 까미노를 걷는 우리의 모습이 마음에 쏙 들었는데 그런 우리와도 이별해야 할 시간이 다가오고 있었다.

36

이만하면 떳떳하게 걸었지

라바코야(Lavacolla)까지 가야 한다. 긴 거리를 걷는 마지막 날이다. 나름의 의미가 있는 날. 여느 날과 다르지는 않았지만 더 설레는 길이다. 마지막이라 생각하니 애틋해졌다. 우리가 그 긴 순례길을 기쁘게 걸어왔다는 의미. 상상할 수 없었던 거리였고, 걸을 수 있으리라 자신하지 못했던 길이었다.

느림보 걸음으로 성실하게 걸어왔다. 어릴 때 엄마 등에 업혀 있던 때, 딱 이 느낌이다. 엄마가 등을 내줘서 조금은 편안하지만 미끄러지지 않으려고 나도 애쓰고 있는 느낌. 설령 조금 미끄러지더라도 엄마의 팔이 나를 다시 끌어올려 줄 거라고 믿어지는 느낌. 이 느낌으로 서른 날 넘게 까미노를 걸었다. 힘들지 않은 적이 없었지만 매 순간 푸근했고 어떤 보호의 장막 안에서 걷는 따뜻함이 있었다.

걷는 동안 후회한 적이 있었던가?

생장피드포르에서의 첫날, 지하 알베르게 2층 침대에서의 절망감이 떠오르지만 후회는 없었다. 우리가 과연 이 길의 끝까지 걸을 수 있을까 걱정하며 지새웠던 그 밤 이후, 아니 그 밤의 한숨과 불안함까지도 다 괜찮아졌다. 스페인 빵, 스페인 수프, 스페인 공기, 스페인의 길, 스페인의 고양이, 도마뱀, 소, 달팽이까지 걸리는 것 없이 자연스럽게 내게 안겼다. 즐겼다는 표현은 이럴 때 쓰는 걸까.

서른 날이 지났고 내일이면 우리의 목적지인 산티아고 대성당에 다다른다. 태윤이는 이 길이 무척 아쉽다고 했다. 다음에 꼭 다시 와야지 하는 마음이 생긴다고, 마지막 길 위에서 날아가는 비행기를 보면서 또 울었다고.

나는 홀가분했다. 더는 미련이 없었다. 충분히 걸었고 이만하면 떳떳했다. 순례길 끝나기 며칠 전부터 '까미노 블루'에 시달리는 사람들도 많다는데 아쉬운 마음, 다시 걷고 싶은 마음, 지금은 없다. 더할 나위 없이 좋은 상태라 여기서 깔끔하게 인사하고 싶다.

산티아고 길의 끝은 내게로 돌아오는 길이었다. 멀리까지 와서야 비로소 만나게 되는 것은 자기 자신일지도 모른다. 길을 걷는다는 것은 도착지에 있을 조금 더 나은 자신을 만나러 가는 것이다. 그리하여 걷기를 끝내고 돌아갈 때는 자기보다 더 멋진 자기를 데리고 돌아가게 된다. 산티아고 순례길을 걸으면서 가장 많은 대화를 하고 오랜 시간을 함께 보낸 사람은 누구도 아닌 바로 나 자신이었다. 침묵 속에서 끝도 보이지 않는 길을 하염없이 걷다 보면 마음속에 눌러 놓은 이야기들이 들려왔다.

걸으면서 내내 깨달은 것은 내가 나를 참 많이 좋아하고 있다는 사실이었다. 잘 살아왔고 잘 살고 있고 잘 살아가리라는 믿음이 내게 있었다. 길이 끝났으니 어서 나의 사랑하는 일상으로 돌아가 살던 대로 살아가는 시간을 맞이하고 싶다고 생각하며 마지막 길을 걸었다 .

그것만으로 순례길을 걸은 충분한 이유가 됐다.

37

산티아고 대성당에서 일상의 순례를 시작하다

산티아고 순례길의 최종 목적지인 산티아고 대성당을 향해 걸어야 하는 날이 밝았다. 새벽에 길을 나섰다. 첫날 피레네산맥을 넘기 위해 나섰던 새벽처럼 조금 막막한 기분이 들었다.

어둠이 걷히지 않은 동네를 빠져나오다가 길을 잃었다. 너무 일찍 나온 탓인지 주변에 사람들이 보이지 않아 긴장하기도 했다. 마지막 날까지 긴장감을 놓지 못하게 하는 순례길이다. 어둠 속에서 길을 잃은 태윤이의 말이 날카로웠다. 마지막 날 싸우지 말아야지 하는 마음으로 얌전히 기다렸다. 길을 찾고 나서야 안심이 되는지 태윤이의 표정도 풀렸다.

태윤이가 손을 잡고 나란히 걷자고 했다. 다른 날처럼 따로 걷지 말고 성당까지 이렇게 걷자고. 걷는 동안 늘 그랬듯 그냥 묵묵히 앞을 보고 오래 걸었더니 어느새 '산티아고'라고 적힌 표지판이 나타났다.

덤덤했다. 대단한 감격이 몰려올 줄 알았는데 그렇지 않았다. 순례길을 걸어오면서 숱하게 만난 여느 표지판과 다르게 느껴지지 않았다. 다른 순례자들이 표지판 앞에서 기념사진을 찍는 게 보였다. 우리도 찍어야 할 것 같아 표지판에 선 모습을 사진으로 찍어두었다.

산티아고 대성당에는 오전 열 시쯤 도착했다. 마지막으로 걷는 길이어도 힘든 건 마찬가지였다. 얼마나 남았냐? 아직 멀었냐? 태윤이한테 자꾸 물었다. 얼마 안 남았다는 뻔한 거짓말을 들으며 앞서 걷는 순례자들을 따라 천천히 대성당까지 걸었다. 드디어 멀리서 성당의 첨탑이 보였다. 눈물이 날까? 환호성이 터질까? 어떤 기분일지 예측하기가 어려웠다. 우리가 어떤 모습으로 대성당에 들어갈지 짐작되지 않았다. 다만 믿기지 않았다. 정말 우리가 800킬로미터를 걸어 여기까지 왔단 말인가? 서로를 대견해하며 대성당 앞에 선 우리 얼굴을 상상하면서 걸었다.

대성당 들어가는 골목에서부터 축제 분위기였다. 차분한 아침인데도 먼저 도착한 사람들의 흥분과 설렘, 축하의 인사들이 술렁이고 있었다. 함께 순례했던 사람들이 속속 광장으로 들어올 때마다 축하의 인사를 건네고 포옹하고 서로에 대한 자랑스러움을 하이파이브로 표현하느라 분주했다. 광장 여기저기 모여 앉아 사진을 찍고 순례의 후일담을 나누고 오랜만에 본 순례 동지들과 반가운 인사를 주고받았다. 어느새 광장은 사람들로 넘쳐났다.

둘이서 대성당을 올려다보고 있는데 한 청년이 먼저 인사를 건네 왔다. 사리아에서 만난 청년이었다. 사리아에서 순례를 처음 시작한 그 청년은 골목길을 서성이고 있었다. 마침 지나가던 우리에게 알베르게를 못 구했다고 도움을 청했다. 태윤이가 알베르게 앱을 검색해 침대가 남아있는 알베르게를 알아봐 주었는데 그게 참 고마웠단다. 그는 대성당을 배경으로 서 있는 우리 둘의 의기양양한 모습을 사진으로 남겨주었다.

길에서 만났던 우리가 아는 사람은 거의 만난 것 같았다. 부르고스 타운 하우스에서 같이 묵으며 한국 음식을 나눠 먹은 뒤 한 번도 마주치지 못했던 친구들도 만났고, 앞서거니 뒤서거니 하며 자주 만나던 이들도 만났다. 그들과 광장에서 순례의 끝을 함께 하니 정말 반가웠다.

떠들썩한 분위기 안에 흠뻑 취해서 사람들과 인사를 주고받다 보니 800킬로미터를 걸어 이곳에 도착한 마음의 감흥을 제대로 느낄 타이밍을 놓쳐 버렸다. 뜨거운 눈물이 터질 것만 같았는데 자리를 찾지 못해 헤매는 사이에 눈물이 쏙 들어가 버렸다.

우리가 도착한 당시 산티아고 대성당은 내부 공사 중이었다. 대성당에서 순례자를 위한 미사를 드리지 않는다고 해 조금 서운한 마음이 들었다. 순례자들을 축복해 준다는 '보타푸메이로(Botafumeiro)'라고 불리는 거대한 향로의 세례를 받지 못한 아쉬움을 뒤로하고 산 프란치스코 성당에서 열리는 순례자를 위한 미사에 참석하기로 했다.

순례자 증명서 받는 것은 태윤이에게 맡겨두고 나는 성당 뒷자리에 조용히 가 앉았다. 제단 위의 신부님이 잘 보이지 않을 정도로 커다란 공간이 순례자로 빼곡히 찼다. 굉장한 것을 이뤄냈다는 순례자의 자부심이 성당 안을 가득 메우고 있었다.

아버지 장례미사 이후 첫 미사였다. 스페인어로 진행되는 미사라 무슨 말인지 전혀 알아들을 수 없었는데 신부님의 말씀 모든 게 이해되는 느낌이었다. 여러 길을 통해 이곳에 모인 모든 순례자를 축복하는 말씀, 사랑을 전하며 사는 일의 가치에 대한 말씀, 기도하는 마음으로 늘 감사하며 지내라는 당부의 말씀으로 내 마음에 새겼다.

눈물이 자꾸 흘렀다. 왼쪽에 앉아계신 할머니와 오른쪽에 앉아계신 할아버지가 우신다. 울고 있는 두 분 사이에서 나도 마음 놓고 울었다. 눈물이 온몸을 따스하게 감쌌다. 돌아가신 아버지께서 나를 부르신 걸까? 아버지의 말들이 눈물과 함께 흘러내렸다.

어지간한 일들에 절망하지 않고 미래의 나를 믿고 씩씩하게 잘 걸어가는 힘의 대부분은 나에 대한 믿음이 듬뿍 담겼던 아버지의 말들에서 나왔다. 아버지가 떠난 지 20년이 넘었어도 아버지의 말들은 내 몸에 남아 여전히 나를 힘차게 밀어준다. 지금의 나를 보면 가장 크게 기뻐하고 대견해할 나의 아버지. 내 안에 있는 아버지의 '살아있는 말'들이 모조리 일어나 내 머리를 쓰다듬어 주는 것 같았다.

·

광장 한구석에 오후 내내 앉아 있었다. 그냥 성당을 올려다보며 앉아 있는 것만으로도 너무 좋았다. 순례 친구들과 둥글게 앉아 이 길을 걸으면서 느낀 것들도 나누고 맥주도 나눠 마셨다. 광장 바닥에 엎드려 엽서도 썼다. 이곳의 찬란한 기쁨이 엽서에 담기길, 여기에서의 기도가 문장으로 새겨지길 바라는 마음에 굳이 광장 바닥에 엎드려 썼다.

날이 저물도록 그렇게 광장에 있었다. 산티아고 순례길의 마지막 장이 넘어가고 있다는 사실이 실감나지 않았다. 우리가 해냈다는 감동을 오래 곱씹으며 밤이 깊어질 때까지 오래 머물러 있었다. 자기 삶의 자리로 돌아가 계속하게 될 일상의 순례를 준비하면서.

에
필
로
그

"아마도 여성에게 가장 혁명적인 행위는 자기 의지로 여행을 떠났다가 집으로 돌아와 환영받는 일이리라."
ㅡ《길 위의 인생》, 글로리아 스타이넘

순례길을 처음 걸었던 날부터 쓰기 시작했던 글을 이제 묶는다. 3년이 지났다. 순례길을 걸으면서 마음에 새겼던 생기 있는 다짐들을 나의 일상에 부려놓고 키우는 시간이 필요했다. 3년은 무엇인가를 정리하기에 적당한 시간이라는 생각이 든다. 다짐이야 누구든 할 수 있지만 다짐대로 살아내는 것은 시간과 의지가 있어야 가능하다. 방학의 마지막 날 몰아 쓰는 일기의 문장처럼 마침표를 찍고 싶지는 않았다. 순례길을 걸으면서 만난 내 마음의 풍경과 연약한 자아, 점점 더 단단해지던 발, 가 닿고 싶은 미래의 소망들을 담았다. 몸을 통과해 나온 나의 이야기를 전하고 싶었다.

순례길을 걸었던 그 시간에 품었던 마음으로 지금 내 곁에 흐르는 일상의 시간 위를 잘 걷고 싶었다. 걷는 일은 사는 일과 닮았다고 썼듯이 정말 사는 일은 걷는 일과 같았다. 나만의 속도에 맞춰 살아야 했다. 지칠 때는 쉬어야 했고 남들의 삶이 커 보일 때는 작아 보이는 나에게 집중해야 했다. 바람처럼 몰아치는 여정의 한가운데를 지날 때는 버티는 힘을 발휘해야 했다. 느려도 묵묵하게 맞서서 살다 보면 가 닿고 싶은 곳에 서 있는 나를 만날 수 있다는 믿음을 자주 되새겨야 했다.

실제로 순례길 걷듯이 날마다 걸었다. 하루 10킬로미터 이상씩 날마다 걸었으니 순례길 800킬로미터의 몇 곱절은 걸었을 테다. 새벽 공기를 맞으면서 걷고 밤하늘의 별을 따라 걷기도 했다. 친구 만나러 두 시간 걸어가거나 시내에 있는 서점까지 걸어가서 책 읽고 돌아오기는 쉬는 날의 특별한 놀이였다. 강의하러 가는 지역에 길이 있다면 무조건 걸었다. 다시 못 올 길을 대하듯 원 없이 걸었다. 해남의 달마고도, 남파랑길, 해파랑길, 북한산 둘레길 등 걸어야 했던 길들은 너무 많았다. 팬데믹으로 세계 여행의 길은 막혔지만 당장 걸어 나갈 수 있는 순례길은 내 주변 어디로든 뻗어 있었다.

코로나가 한창이던 2021년 여름, 《모두를 위한 성교육》을 세상에 내놓고 질주하듯이 한 시절을 보냈다. 지금은 순례하는 마음을 새롭게 추슬렀던 부르고스의 새벽과 같은 시간을 보내고 있다. 가끔 이유 없는 무기력이 찾아오면 산티아고 순례길에서 담아 온 배움들을 읽었다. 그럴 때면 순례길에 대한 짙은 그리움과 함께 생기 있는 힘들도 몸 깊은 곳에서 배어나왔다.

순례길의 동반자, 태윤이의 3년도 힘차게 흐르고 있다. 아스토르가에서 '쓰는 사람'으로 발견된 대로 자기만의 순례 서사를 완성했고, 싱그러운 발걸음으로 다양한 관계의 공간을 성큼성큼 오가고 있다. 지난겨울 오후의 어느 카페에서, 이제는 경제적인 독립까지 완벽하게 이루겠으니 엄마, 아빠는 자신의 삶을 위해 살라고 선언했다. 로르까의 들판을 휘적휘적 앞서서 걸어가던 태윤이의 뒷모습을 봤을 때 느꼈던 쓸쓸한 마음이 떠올랐다. 어느새 이렇게 컸을까? 마음 한편에 찬바람이 휙 지나갔다. 잠깐 서글펐지만 바람이 지나간 자리에 이내 자랑스러움이 채워졌다.

각자의 삶을 사느라 바빠 가끔 문자로만 소통하고 있는 요즘이지만 순례길의 동지라는 그 끈끈함은 누구도 넘보지 못하는 우리만의 암호가 되었다. '그때 산티아고 순례길을 걸었던 것은 신의 한 수였어.'라는 말은 우리가 자주 주고받는 뿌듯한 문장이다. 태윤이는 다음의 산티아고 순례길은 혼자서 걷겠다고 선언했다. 다음에도 함께 가자는 약속을 철석같이 믿고 있었는데 이제 어쩌나 싶지만, 어느새 나는 혼자서 걸을 준비를 하고 있다.

좋아서 자주 보게 되는 영화 〈카모메 식당〉에는 내가 특별히 사랑하는 장면이 있다. 자기 삶을 살고 싶어 핀란드로 여행을 온 마사코가 여기 사람들은 왜 그렇게 여유로운가를 궁금해할 때, 곁에 있던 핀란드 청년이 말한다. 숲이 있어서라고.

말이 떨어지자마자 잠깐의 망설임도 없이 숲으로 나가는 마사코. 숲속을 천천히 거닐며 버섯을 줍고, 사그락사그락 나무의 소리가 들리는 숲의 한가운데서 하늘을 바라보는 그녀의 모습은 봐도 봐도 좋은 장면이다. 가야 할 곳이 있다면 당장 걸어가는 자세는 순례길에서 내가 배워 온 가장 좋은 것이었다.

숲이든 길이든 삶이든, 그리운 곳이라면 지체 없이 당장 걸으러 나갈 것이다.